Fantastic Oriental Heroes

무림공적

지천우 新무협 판타지 소설

武林公敵

무림공적 7

지천우 新무협 판타지 소설

초판 1쇄 찍은 날 § 2007년 1월 2일
초판 1쇄 펴낸 날 § 2007년 1월 12일

지은이 § 지천우
펴낸이 § 서경석

편집장 § 문혜영
편집책임 § 최하나
편집 § 문정흠

펴낸곳 § 도서출판 청어람
등록번호 § 제1081-1-89호
등록일자 § 1999. 5. 31
어람번호 § 제2-1092호

주소 § 경기도 부천시 원미구 심곡1동 350-1 남성B/D 3F (우) 420-011
전화 § 032-656-4452· 팩스 § 032-656-4453
http://www.chungeoram.com
E-mail § eoram99@chollian.net

ⓒ 지천우, 2006

ISBN 978-89-251-0480-5 04810
ISBN 89-251-0131-9 (세트)

완결

7

평화(平和)

Fantastic Oriental Heroes

무림공적

지천우 新무협 판타지 소설

武林公敵

도서출판 청어람

목차

제1장

경천동지(驚天動地) 1

대지에서도 느껴지고, 하늘에서도 느껴진다.

세포 하나하나를 자극시켜 미세한 흥분을 일으키는 기운!
그 미세한 흥분은 점점 불어나 주체할 수 없을 정도로 큰 떨림으로 이어진다.

천하(天下)!

천하라는 단어가 요즘처럼 피부에 와 닿은 적은 단 한 번도 없었다.

마교, 북해빙궁, 그리고 무림맹.

군웅할거 시대의 막이 올라 이제 그 최종장에 이르게 되었다.

호남성을 기점으로 그들의 세력이 응집되어 있었다.

무인이라면 한 번쯤 이런 일을 머릿속에 그려본 일이 있으리라.

마교의 무리 혹은 북해빙궁의 무리가 내려와 무림을 어지럽게 하면, 자신을 주축으로 혼란스러워진 무림을 평정하여 영웅이 된다.

혹은 마교의, 북해빙궁의 무인이 되어 무림맹을 쓸어버리고 무림을 평정하여 역사를 새로이 쓴다.

무인이라면 어느 쪽이든 둘 중 하나를 그려본 적이 있을 것이다.

물론 단순한 꿈이다.

어린 시절 아름답고 단순하게만 그려진 그런 허무맹랑한 꿈 말이다.

그냥 우스개로 넘겨 버릴 수 있는 터무니없는 꿈에 지나지 않았다.

……적어도 지금까지는 말이다.

세상이 변했다.

상황이 변했다.

무림맹과 마교, 그리고 북해빙궁이 무림을 놓고 전쟁을 펼치고 있었다. 싸늘한 냉기가 흐르는 신경전이 아닌 살을 가르고 목숨을 앗는 혈전(血戰)을 말이다.

물론 자신의 생명이 장담되지 않는 상황이기에 공포에 이성이 억눌러질지도 모른다. 그렇지만 무인의 피가 끓는 본능은 그 어떤 것에도 구애받지 않았다.

대규모의 혈전은 무인으로 하여금 주체할 수 없는 흥분을 불러일으킨다.

단칼에 적의 수장을 죽이고, 자신의 대의를 펼치는 그런 꿈과 같은 일은 벌어지지 않겠지만 혈전에 참여하면 적어도 무림의 역사 한 부분을 차지할 수 있게 된다. 그것으로 충분하다.

현실에서 어린 시절의 꿈이 이루어지길 바라는 건 바보 같은 일이다.

나이를 먹으면 먹어갈수록 사람은 한 가지를 깨닫게 된다.

꿈이란 결국 현실과 타협되기 마련이다.

그리고 자신들은 타협된 꿈만이라도 이루고자 삭막하고도 무정한 무림을 살아간다. 그런 타협된 꿈조차 없다면 이 세상에서 살아갈 가치가 없기에.

그것이 무림인들을 한곳에 모으는 원동력이 되었다.

가만히 앉아서 지켜보거나, 그것에게서 도망칠 수도 있다.

하지만 대부분의 무림인들은 검을 뽑아 들고 각자가 생각하는 정의를 위해 호남성에 모였다.

새외무림은 북해빙궁에게, 정파무림과 사파무림의 삼 할이 무림맹에게, 그리고 대부분의 사파무림 문파들은 마교에게 붙어 새로운 무림의 역사를 쓰고자 했다.

　사상 초유로 이례 없던 대규모의 전쟁이 벌어지려 하고 있었다.

제2장

안가탈출(安家脫出)

시야를 흐리다 못해 완전히 가려 버리는 짙은 안개가 사방에 끼어 있었다. 안개를 벗어나고자 조금만 걸어도 방향을 잃어 되돌아갈 방법조차 찾지 못하게 된다. 뿐만 아니라 안개에는 기감을 망가뜨리는 듣도 보도 못한 독특한 힘이 있었다.

"젠장."

눈썹이 옅지만 눈이 크고 두툼한 입술이 매력적인 여인의 입에서 생각지도 못할 거친 말이 내뱉어졌다.

어느새 그녀는 다시 출발점이 되는 초가로 돌아와 있었다.

용케 길을 잃지는 않은 모양이다.

그녀는 근 이 개월간이나 이 안개에 갇혀 있었다. 그동안 안개는 단 한 번도 옅어지지 않았다. 시각이 변해도 전혀 바뀌는 게 없었다. 아니, 낮과는 달리 밤에는 안개가 조금도 보이지 않지만 보이지 않는다고 해서 없는 게 아니었다. 기감은 전혀 제 기능을 못하고, 희뿌연 안개 대신 완전한 암흑이 존재한다.

낮이나 밤이나 이곳을 전혀 벗어날 수 없다는 말이었다.

"허탕에다 또 허탕을 쳤군."

음산한 목소리가 등 뒤에서 들린다.

이곳에는 그녀만 있는 게 아니었다.

그녀가 오기도 전에 다른 한 명의 중년인이 자리 잡고, 아니, 갇혀 있었다.

눈썹이 굵고 머리를 깔끔하게 뒤로 넘긴 예리한 인상의 중년인은 은연중에 대단한 위압감을 자랑했다. 특히 여유로운 눈빛은 언제나 그녀를 움츠러들게 만들었다.

그녀는 돌아보지 않았다.

대꾸하지도 않았다.

그의 빈정거림은 언제나 그렇듯 들을 가치가 없었다.

"그러게 노부가 포기한 일이거늘, 어찌 머리에 피도 안 마른 것이 날이면 날마다 안개를 헤치려드냐. 쯧쯧."

말끝마다 혀를 차는 건 중년인만의 방식이었다.

그녀의 약을 살살 올리는 그런 중년인만의 방법.

"연화, 왜 무시하느냐? 이 노부가 같잖나?"

분명히 중년인은 살기를 뿜어내고 있지 않았지만, 그녀의 몸은 마치 살기를 온몸으로 맞서고 있듯 덜덜 작게 떨고 있었다.

"일개 소궁주가 어찌 교주의 말씀을 무시할 수 있겠습니까. 단지 하늘같은 교주님의 가르침을 미리 깨닫지 못하고 이렇게 고생하고 있는 제가 한심스러워 자책하느라 차마 답하지 못한 것이지요."

어디를 뜯어봐도 흠잡을 데 없는 모범 답안이었지만 중년인, 단가후는 백리연화의 대답에 이상스레 짜증이 났다. 아마 그녀의 비아냥거리는 듯한 어조 때문이리라.

그렇다.

단가후는 일전에 무림공적 일행에게 사로잡혀 임홍의 안가에 갇혀 있었다. 고대의 살수들이 설치한 안가로, 현대의 지식으로는 안가를 헤쳐 나가는 방법을 찾기 힘든, 그야말로 혈옥과도 다르지 않은 곳이었다.

다행히 독방은 아니었다.

얼마 지나지 않아 백리연화까지 갇혀 들어왔다.

백리천은 청운에게 무자비하고 깔끔하게 죽음을 맞이했지만, 백리연화는 뇌운비의 주먹에 끝까지 맞서다 기절했다. 뇌운비는 기절한 상대를 죽이지 않는다. 어딘가 찜찜하기 때문이다.

의외로 뇌운비가 망설이자 청운이 최후의 일격을 가하려

했지만, 뇌운비는 그냥 그를 임홍의 안가에 가둬놓기로 했다.

백리연화는 인질로서의 가치도 있고, 또 누구보다도 북해빙궁을 잘 알기에 살려둘 필요성이 있다고 생각했기 때문이다.

그렇게 하여 백리연화는 뜻하지 않게 단가후와 동거(?)를 하게 되었다.

백리연화와 단가후는 내공이 점해지지 않았고, 어디에 묶여 있지도 않았다.

그들은 사악하게도 이 안가를 너무도 잘 알고 있었다.

들어오는 것도, 나가는 것도 쉽지 않다.

아니, 불가능하다.

북해빙궁의 소궁주 백리연화는 두 달 동안 하루에 세 차례씩 안개 속을 헤쳐 밖으로 나가려 했지만 조금의 진전도 없었다.

아니, 조금의 진전은 있었다.

적어도 이 초가에 돌아올 수는 있었다.

처음에는 멋도 모르고 나갔다가 초가도 못 찾고 안개 속에서 죽음을 기다려야 했다. 물론 단가후가 그녀를 안개 속에서 초가로 건져 내주었다.

단가후가 직접 고생을 하면서 자신을 구해내자 정말 눈이 튀어나올 정도로 놀란 백리연화는 왜 도와줬냐고 물었었다.

단가후의 대답은 간단했다.

"혼자 괴로워하는 것보다는 같이 괴로워하는 상대가 있는 게 좋지."

누가 마교의 교주가 아니라고 할까 봐, 대답도 참 가관이었다.

이후 백리연화는 하루에 한 발짝씩 초가 밖으로 벗어나 되돌아왔다.

두 달이 되니 꽤 멀리까지 갈 수 있게 되었지만 그렇다 할 진전이라고는 못하는 게, 갈 때마다 식은땀이 홍수를 이룰 정도로 힘들었다. 어제도 가고, 그제도 간 길이지만 갈 때마다 새롭고, 전혀 익숙하지 않다.

그래도 백리연화는 포기하지 않았다.

물론 단가후는 포기했다.

이 안가를 둘러싸고 있는 진은 그가 경험해 보지 못한 종류의 것이었다. 애초에 독특한 지리적 특성을 이용한 천연의 안가를 조금 손본 모양인데, 진에 대한 전문가도 아니고, 기감 역시 제 기능을 못하니 단가후는 일찌감치 벗어나려 노력하지도 않았다.

백리연화보다야 안개 속에서 방향 감각을 오래 유지할 수 있었지만, 아주 오랫동안 유지할 수는 없었다. 무엇보다도 단가후는 확실한 방향 감각을 갖고 있는 게 아니라 주로 직감에 의존하는 때가 많았다.

직감이 종종 맞지만, 어쩌다 틀리면 안개 속을 영원히 헤매게 될지도 모른다는 말이다.

그럴 바에야 그냥 이 초가에 남는 게 나았다.

우물도 있었고, 평생 먹고 남을 벽곡단도 있었다. 적어도 생명을 유지하는 데 걱정하지 않아도 된다는 말이다.

단가후는 몇 번이고 그 사실을 백리연화에게 깨우쳐 주려고 했지만, 안타깝게도 그녀는 매일 세 차례 위험한 모험을 했다.

물론 자유를 포기하는 건 쉽지 않다.

하지만 나이가 먹으면서 깨닫는 아주 중요한 한 가지의 이치가 있다.

현실은 무시할 수 없다.

맞닥뜨린 현실은 직시할 수밖에 없다.

그렇지 않으면 결국 괴로운 건 자기 자신이다.

백리연화는 큰 바위에 걸터앉았다.

항상 안개 속을 헤매고 오면 이상하게도 기력이 쇠잔해져 있다.

아마 희망을 찾을 수 없다는 점에서 심리적인 문제도 있겠지만, 분명 이 안개는 범상치 않았다. 자신의 생명력을 흡수하는 듯한 그런 꺼림칙함이 있었다.

“포기를 모르는 게 항상 좋은 건 아니지.”

단가후가 그녀의 옆에 걸터앉았다.

바짝 붙어 앉은 건 아니지만 그래도 불편했다.

백리연화는 조금 과장하여 자리를 옆으로 옮겼다.

물론 눈 하나 깜짝일 단가후가 아니었다.

“머리가 나쁜 것들은 평생을 고생하고도 죽어서까지 고생한다는 말을 아나?”

단가후의 비아냥거림에 백리연화의 이마에 핏대가 살짝 솟았다.

물론 내색할 그녀가 아니었다.

그건 바로 단가후가 원하는 것이었다.

그녀가 할 수 있는 건 오로지 그를 무시하는 것뿐이었다.

또다시 백리연화의 대꾸가 없자 슬슬 짜증이 치미는 단가후였다.

자신이 물으면 대답한다.

이건 마교에서 불변의 진리였다.

“계속해서 무시할 텐가?”

마기가 뚝뚝 떨어지는 그런 음성이었다.

백리연화는 눈살을 찌푸리며 억지로 말을 쥐어짜 내었다.

그런 기색을 조금도 숨기지 않았다.

“하찮은 아녀자가 어찌 하늘같으신 교주님의 말씀을 무시하겠사옵니까. 단지 제 머리가 교주님의 가르침을 받기에는 너무도 떨어지니 시간을 들여 이해하려고 하여 대답이 늦어질 뿐이지요."

여전히 비꼬는 듯한 음성이었다.

마교였다면 태도가 불순하다고 하여 당장에 목을 벨 수 있는 단가후였지만, 그는 그렇게 행동하지 않았다.

나중이면 몰라도 지금은 그럴 때가 아니었다.

혼자서 고립된 것처럼 괴로운 건 없다. 바깥으로 나갈 수 있다는 희망이 없는 것보다 혼자인 게 훨씬 고통스럽다.

'물론 그것뿐만 아니라…….'

단가후의 시선은 백리연화의 고운 얼굴에서부터 발끝까지 훑어 내려갔다.

흡족한 미소가 그의 입가를 스쳐 지나간다.

'많은 용도가 있겠지.'

백리연화는 벽곡단 하나를 입에 물고 자리에서 일어났다.

시간이 됐다.

해의 위치를 알 수 없어 확실하지는 않지만, 대충 짐작은 할 수 있었다.

백리연화는 두 번째로 안개 속을 탐방(?)하기 위해 밖으로 걸어나갔다.

"허탕 칠 줄을 알면서도 가는 건……."

이어질 단가후의 말을 채 듣기도 전에 그녀는 이미 짙은 안개 속을 딛고 있었다. 이상하게도 안개 속은 소리까지 차단하는 듯했다. 마치 하나의 벽인 것처럼.

백리연화는 일직선으로 몇 걸음을 걷다가 대각선으로 쭉 걷기 시작했다. 이후에도 그녀는 끊임없이 방향을 꺾었다. 일직선으로만 걸으면 편하고, 적은 시간 동안 멀리 갈 수 있을 터인데 그녀는 그렇게 하지 않았다.

최대한 뜸을 들이고, 오랫동안 깊이 생각하여 걸음 하나하나를 옮겼다.

백리연화는 최근에 특별한 성과를 얻을 수 있었다.

흔적을 찾은 것이다.

이곳의 안개는 순환하지 않는다. 이동하지도 않는다. 그냥 가만히 땅을 가리고 있을 뿐이다. 그 점에 착안하여 그녀는 하나의 가설을 세웠다.

'한 번 지나간 자리의 안개는 조금, 아주 조금 옅어진다.'

이 안개를 이루는 물질이 무엇인지는 몰라도 상당히 둔하고, 움직이는 걸 좋아하지 않는다. 한 자리를 훑고 가면 지나가지 않은 부분보다는 안개가 옅어질 수도 있다는 말이다.

그 지나간 자리를 옆의 안개가 조금은 채우겠지만, 완전히 채워지지는 않을 것이다.

만약 이 안개에서 가장 얕은 부근을 찾아 쭉 따라간다면, 어쩌면 출구를 찾을 수 있을지도 모른다.

물론 두 가지 가정하에서다.

이 안개의 분포는 모두 일정해야 한다. 만약 위치마다 다르면 안개의 두께에 대한 상대적인 분류가 불가능하다. 지형이 평지라면 몰라도 언덕길인 이 초가의 부근에서 그런 말도 안 되는 걸 바라는 건 바보 같은 일이지만, 그녀의 유일한 희망이었다.

또 하나는 자신의 기감이 거의 제 기능을 못하는 가운데 안개의 두께를 구분할 수 있어야 한다.

이것 역시 불가능에 가까운 일이었다.

조금 더 두껍다고 해서 확연하게 구분이 가는 건 아니다. 아주 얇아서 눈에 보이지 않는 실과 그 눈에 보이지 않는 실보다 약간, 약간 더 굵지만 여전히 눈에 안 보이는 실을 분간하는 일과 똑같다.

아무리 봐도 똑같이 안 보이는 실이지만 분명히 차이는 있다.

그 차이를 분간해 낼 수 있다면 이 감옥에서 벗어날 수 있다.

백리연화는 그 사실을 한 달 전에 깨달았다.

그리고 한 달 동안 그 사실을 되뇌며 안개를 새로이 탐방하기 시작했다.

자각하는 것과 하지 않는 건 아주 큰 차이가 있다.

미처 생각하지도 못했지만, 아주 큰 수확을 얻을 가능성이 높아질 수 있다.

백리연화는 그 수확을 일주일 전에서부터 얻었다.

아주 희미하지만 '길'을 찾은 듯싶었다.

그 이후 매일 그 길을 따라 점점 멀리 초가에서 멀어지기 시작했다.

마음 같아서는 당장에 쭉 따라가 안개를 벗어나고 싶었지만 백리연화는 그렇게 할 수 없었다. 항상 조금씩만 더 갔다가 다시 돌아와야 했다.

이유는 간단했다.

사람의 오감은 일정한 자극에 익숙해지기 시작한다.

큰 자극이라고 해도 시간이 흐르면 익숙해지는데, 아주 희미한, 심혈을 기울여도 알아차리기 힘든 그런 자극에는 얼마나 빨리 익숙해지겠는가.

익숙해진다는 건 무뎌진다는 뜻이다.

더 이상 그 '길'을 따라갈 수 없다는 말이다.

크게 무뎌지기 전에 재빨리 돌아와야 길을 잃지 않는다. 과욕은 화를 부른다.

백리연화는 그 사실을 잘 알고 있었다.

하지만 하루가 지나고, 다음날 더 멀리까지 갈 수 있으면 있을수록 자제하기가 힘들었다.

'꾹 참고 가면 나갈 수 있어!'

자기의 내면에서 누군가가 속삭인다. 아주 조용하고 달콤한 속삭임. 저항하지 않고 그냥 무너져 버리고 싶은 충동을 느끼게 하는 유혹이었다.

백리연화는 어느새 아침까지 찾아놓은 길까지 도달하여 지금까지 밟아보지 못한, 아직은 확실치 않은 지점까지 디디게 되었다.

벌써부터 무뎌지는 감각만을 믿기에는 너무도 오랜 시간이 지났다.

하지만 백리연화는 돌아서지 않았다.

대신 눈을 감고 더 집중해서 느끼려 했다. 그 희미한 길을 말이다.

'찾았다!'

물론 십 할 확실한 건 아니다. 육 할 이상은 감으로 찍었다.

하지만 가끔은 직감을 믿어야 한다.

백리연화는 서두르지 않았다. 최대한 조심스럽게 걸음을 옮겼다.

약 반 각을 전진하던 백리연화는 멈춰 설 수밖에 없었다.

무뎌진 감각도 감각이지만, 더 이상 길이 이어지는 부분을 찾을 수 없었다. 정확하게는 주위의 안개가 너무도 옅어져 모든 방향이 나가는 길처럼 느껴졌다.

요약하자면 길을 잃었다는 것이다.

돌아가는 길은 알지만, 이 감옥을 벗어날 길을 잃었다.

암담한 심정이 머릿속을 가득 메웠다.

무려 한 달 동안 노력한 결과가 여기에서 막힌다고 생각하고 싶지는 않았다.

그렇기에 최대한 그 길을 잇기 위해 노력했지만, 결국 헛수고였다.

지금까지 그녀가 느꼈던 느낌이 모든 곳에서 느껴진다.

방법이 없다.

그렇게 생각하자 자신이 무기력하게만 느껴지고, 눈물이 나기 시작했다.

한줄기의 희망마저 사라졌다.

'평생을, 그럼 평생을 여기에서 살아야 하는 거야?

너무도 서러워 눈물이 앞을 가렸다. 벅차오르는 감정을 주체하기 힘들었다.

'그것도 그 교주랑!'

"……."

눈물이 멈췄다.

물론 기뻐서가 아니었다.

기가 막혀서였다.

자신의 처지가 너무도 어처구니없었고, 기가 막혔다.

'……!'

그때 뇌리를 스치는 무엇인가가 있었다.

물론 교주와 어떻게 하면 남은 여생을 편하게 잘 보낼 수 있을까와 같은 건 아니었다.

대신 조금 더 생산적인 것이었다.

'안개가 전체적으로 옅어졌다는 건 곧 이 감옥의 외곽에 도착했다는 소리!'

당연히 안개의 중심에는 초가가 있고, 그 주위를 엄청난 두께의 안개가 차지하고 있다. 그리고 당연히 중심에서부터 바깥으로 갈수록 그 안개의 두께가 얇아진다. 경험해 본 적은 없지만(물론 들어왔을 때 경험해 봤겠지만 그때는 안개의 두께를 분간할 수 없었으니), 상식적으로 알 수 있었다.

게다 초가에서 여기까지 이르는 길만큼이나 옅다는 건 출구에서 꽤 가깝다는 말이 된다.

"……!"

이번에는 다른 의미에서 가슴이 벅차올랐다.

백리연화는 심호흡을 하며 마음을 가다듬었다. 아직은 때가 아니었다.

만만하기는 하지만, 정작 한 발을 더 디디면 또 다른 세상일 가능성이 높았다.

새로운 환경을 맞서려면 기력이 필요했다.

백리연화는 미련없이 뒤로 돌아섰다.

온 길을 그대로 찾아 되돌아가 초가에서 한숨 자고 일어나서 기력을 회복해야 한다.

'드디어!'

하지만 역시 기쁜 감정을 숨기는 건 쉽지 않았다.

드디어 보인다.

두 달 동안 자신을 옭아맨 이 안개에서 벗어나는 방법이 드디어 보인다.

다시 허름한 초가로 돌아온 백리연화는 여전히 바위에 앉아 가부좌를 틀고 명상을 하고 있는 단가후를 볼 수 있었다.

어떤 이유에서인지 백리연화의 행동은 조심스러워졌다.

간단한 이유였다.

'혼자서 몰래 가겠어.'

단가후를 데리고 이 안개를 나갈 생각은 추호만큼도 없었다.

그럴 만한 이유는 많았다.

마교의 교주다. 북해빙궁의 적인 마교의 교주. 그를 이런 곳에 가둬놓는 건 엄청난 이득이다.

그보다도 강력한 이유가 하나 있었다.

"허탕에 또 허탕. 허탕만 치는 게 취미인가 보군."

……재수가 없다.

마교의 교주에게 인간미를 바라는 건 지옥에서 구원을 바라는 것과 다르지 않다.

백리연화는 그를 무시하며 초가 안으로 들어갔다.

지금은 쉬어야 한다.

‘흐음.’

단가후는 초가의 안으로 들어가는 백리연화를 조용히 지켜봤다.

달랐다.

어딘지 딱 꼬집어 말할 수는 없었지만, 허탕을 치러 가기 전과 후의 그녀가 조금 달랐다.

조용한 분위기.

항상 조용하기는 했지만 그렇다고 그런 분위기를 뿜어내지는 않았다.

도발하면 항상 열을 올리는 그런 어린 여자였지만, 오늘은 이상하게도 반응하지 않았다.

고민하는 것도 잠시,

단가후는 다시 자세를 바로 잡고 눈을 감았다.

‘보면 알겠지.’

‘항상 똑같은 시각에 행동하기를 잘했지.’

어느새 날이 어두워지고 있었다.

물론 어두워질 시간은 아니었지만, 짙은 안개 속에서는 조금만 햇빛이 옅어져도 확연하게 어두워진다. 마치 우거진 숲에서처럼.

백리연화는 하루에 세 번 안개 속을 헤맸다.

그 사실을 단가후도 잘 알고 있다.

그러니까 자신이 이렇게 안가를 떠나려고 해도 그는 아무런 의심하지 않을 것이다.
백리연화는 최대한 빠르게 초가를 벗어나기 시작했다.

제3장

대책회의(對策會議)

혈옥에 휘인 일행이 모여 앉았다.

휘인, 곽소천, 임홍, 소여락 이외에도 혈마, 혈괴, 그리고 얼이 빠져 있는 진천악까지 혈옥 입구의 주위에 둘러앉아 있다.

청운이 휩쓸고 지나간 자리는 폭풍이 지나간 것보다도 황폐해져 있었다.

소여락은 동공이 풀어져 있었고, 곽소천은 바닥에 힘없이 누워 있었다.

임홍은…….

"크아아아아!"

광분하고 있었다.

'죽여 버리겠어. 죽여 버리겠어!' 라고 소리치는데 누가 혈괴고 누가 임홍인지 분간하기가 쉽지 않았다.

혈괴는 평상시처럼 이성이 없었기에 휘인, 그리고 혈마처럼 나름대로 평정심을 유지하고 있었다.

각자 희망을 잃어 절망에 빠진 모습을 보이면서도 그들의 시선은 모두 휘인에게 집중되어 있었다.

희망은 없었다.

절대 없었다.

그런데도 휘인의 말이 기다려진다.

'그래도…….'

막연한 걸 바라는 건지는 알고 있지만, 그래도 휘인이라면…….

휘인은 그런 그들의 무거운 시선을 담담히 받아내고 있었다.

언제나 그렇듯 무표정을 유지하고 있었으며, 조금의 변화도 없었다.

복잡한 감정이 섞인 침묵은 오래갔다.

한 시진, 두 시진.

긴장은 고조되어 갔고, 일행들은 미묘한 눈빛을 교환하며 휘인이 무슨 말이든 하기를 기다렸다.

그때였다.

굳게 닫혔던 휘인의 입이 열렸다.

"모르겠다."

그답지 않게 목소리에 힘이 하나도 없었다. 속삭이듯 중얼거리는 음성.

"……."

일행들은 침묵을 지켰다.

어떤 대답을 기다렸는지는 잘 모르겠다. 그렇지만 분명히 저런 당연한 말은 바라지 않았다.

물론 휘인이라도 이 상황에서는 저런 대답 이외에는 아무것도 못한다는 사실을 알고 있었다.

잘 알면서도 일행들의 표정은 어둡기 그지없었다.

휘인이 말을 꺼내기 전보다 더욱.

"이게 끝이냐?"

떨리는 음성으로 말하는 임홍이었다.

얼굴이 창백했다.

휘인은 '무슨 말이지?' 라는 얼굴로 돌아봤다.

임홍의 입꼬리가 한쪽으로 말려 올라갔다. 어처구니가 없어서 웃음이 새어 나온다.

"마치 어떤 거창한 일이라도 벌일 듯한 태도로 나를 이끌고 오더니, 여기에서 끝이냐고."

조금은 신경질적인 목소리다.

임홍은 단 한 번도 휘인에게 신경질적으로 따지듯이 묻지 않았다. 비슷하게 소리도 지르고 화도 낸 적은 있지만 진심으로, 이렇게나 진심으로 한이 맺혀서 그에게 따진 적은 단 한 번도 없었다.

휘인을 가장 따르고 신뢰한 임홍이었다.

“…….”

분위기가 착 가라앉았다.

그만큼 상황이 좋지 않았다.

희망이 없다고 짐작하는 거랑 희망이 없다고 확신하는 것은 별개의 문제였다. 잠자코 앉아 신세타령만 할 수 있는 상황은 절대 아니었다.

“자기가 신인 양 행동한 것으로도 모자라, 마치 그 어떤 일도 해낼 수 있는 것처럼 믿게 하고는 우리를 이끌고 다녀서 얻은 게 이거냐고.”

언성이 점점 높아지고 있었다.

분노(忿怒).

임홍은 진정으로 분노하고 있었다.

지금의 상황에 대해서, 그리고 휘인에 대해서.

“…….”

휘인은 아무런 말도 하지 않았다.

그냥 가만히 앉아서 임홍의 모든 독설을 들었고, 그의 눈을 정면으로 응시하고 있었다.

아무런 감정도 표시하지 않은 채.

아마도 휘인의 그런 점이 임홍의 화를 더욱 돋웠는지도 모른다.

임홍은 시뻘겋게 달아오른 얼굴로 콧바람을 거칠게 내쉬더니 자리에서 벌떡 일어났다.

"왜 대답을 못해!"

눈 깜짝할 사이에 임홍은 휘인의 멱살을 붙잡고 있었다.

그뿐이 아니었다.

그렇게 했음에도 불구하고 휘인의 표정에 변화가 없자 임홍은 그를 그 상태로 번쩍 들어올렸다.

휘인은 허공에 떠 있는 채로 멱살이 잡혀 있었다.

그쯤 되자 곽소천 역시 기겁할 수밖에 없었다.

"그만 해!"

곽소천은 황급히 임홍을 말렸다.

힘이 얼마나 센지 어지간한 힘으로는 꿈쩍도 하지 않는 임홍이었지만, 곽소천은 어지간한보다는 훨씬 많은 힘을 써 임홍을 제지하려 했다.

여기에서 휘인을 열 받게 할 필요는 눈곱만치도 없었다.

지금까지 휘인이 화를 낸 것을 본 적이 없었다. 그만큼 감정을 절제할 줄 아는 사람이 화를 내면 그보다도 무서운 건 없었다.

특히 휘인 같은 인물이라면…… 절대로 화가 난 모습을 보고 싶지 않았다.

"젠장!"

그제야 어느 정도 머리가 식은 임홍은 휘인을 거칠게 내려 놓으려 했다.

바닥에 내팽개쳐 놓으려는 심산이었다.

턱.

그렇지만 휘인은 바닥에 내팽개쳐지는 그런 인물이 아니 었다.

상식 밖으로 큰 힘을 주어 내던졌지만 휘인은 금세 균형을 잡고는 선 채로 착지했다.

기도가 막혀 숨이라도 거칠게 쉬련만 얼굴 역시 평온해 보 였다.

“…….”

이럴 때는 어처구니가 없다고 하는 것이다.

휘인은 임홍에게서 눈을 떼지 않으면서 옷매무새를 가다 듬었다.

“한 번.”

착 가라앉은 목소리로 휘인이 말한다.

“……?”

“이번 한 번만 용서한다.”

짧았다.

아주 간단하고 짧은 말이었지만 임홍은 그 자리에서 얼어 붙었다.

미친 소처럼 기세 좋게 달려든 임홍은 눈동자마저 움직이지 않을 정도로 완전히 얼었다.

살기가 쏟아지지도 않았고, 그렇다고 화를 내는 음성도 아니었지만 휘인이라는 존재 자체가 그런 분위기를 자아낼 수 있었다.

"체, 쳇!"

몸을 덜덜 떨면서도 자존심은 또 지키고 싶어서 못 이기는 척하면서 다시 제자리에 가서 앉는 임홍이었다.

그때 멍하니 휘인과 임홍을 번갈아 보던 혈괴가 반응을 보였다.

혈괴가 혈마를 툭툭 치는 것이다.

혈괴의 팔꿈치가 혈마의 옆구리를 찌르는데, 혈괴야 살살 친다고는 하지만 혈마의 안색이 파리해지는 게 단순한 의사소통 이상의 효능을 보이는 듯싶었다.

"왜!"

혈마는 보통 혈괴에게 조금 조심스럽게 대한다. 마치 그가 상급자인 것처럼. 그런 그가 화를 내는 걸 보면 꽤나 아팠던 모양이다.

혈괴는 그냥 무엇을 물어보려고 친 것일 텐데.

"크르르?"

뚱한 표정을 봐서는 '무슨 일이야?' 라고 묻는 것 같기도 했다.

"여길 나갈 수 없어서 정신적인 위기에 봉착한 상태지. 노

부는 아주 오래전에 잃은 희망을, 이들은 오늘에서야 잃은 것
이지.”

물론 멍하니 혈괴를 바라보는 나머지 일행은 몰라도 혈마
는 그의 표정을 정확하게 읽었다.

“…….”

어려움없이 의사소통하는 혈괴와 혈마는 임홍, 곽소천, 소
여락에게 꽤나 충격적이었다.

항상 보지만, 그래도 볼 때마다 충격이 새로 돋아나는 것
같다.

혈마의 대답을 들은 혈괴의 표정이 오묘해졌다.

그러더니 그가 벌떡 일어났다.

그리고는 혈옥의 입구를 한 번 가리키며 고개를 갸웃거렸
다.

“왜 그래?”

무엇인가를 말하려고 하는 혈괴에게 임홍이 물었다.

언제나 그렇듯 해석은 혈마의 몫이었다.

“여길 왜 못 나가냐고?”

혈마의 해석을 들은 임홍은 피식 웃었다.

자신이 처음에 혈옥의 문이 열렸을 때 한 생각을 혈괴 역시
하고 있는 게 뻔했다.

“열려 있다고 정말 열려 있는 게 아니야. 여기에는 무형의
결계가 있어 가지고, 이 문을 통과하려고만 하면 쿵! 하고 부

덮친 다음에 기절……."

임홍은 자신의 친절한 설명을 채 마치지도 못했다.

그건 바로 혈괴가 문을 향해 걸어가고 있었기 때문이다.

'하긴 백 번 듣는 것보다 한 번 경험하는 게 낫지.'

자신은 무려 세네 번을 경험하지 않았던가. 혈괴의 지능 수준을 고려하면 적어도 열 번, 아니, 백 번은 경험해야 깨닫게 되리라.

임홍은 흐뭇한 미소를 지으며 문으로 무식하게(?) 돌진하는 혈괴를 바라봤다.

그의 덩치에 맞게 무식하게 큰 문을 통과하는 혈괴의 모습이 보였다.

"……."

그렇다.

통과하는 혈괴의 모습이었다.

임홍의 입이 두 주먹이 들어갈 정도로 크게 벌어졌다. 다른 일행들의 표정도 크게 달라 보이지 않았다. 휘인마저 입이 조금 벌어졌다.

혈괴는 분명히 혈옥의 바깥에서 그들을 바라보고 있었다.

으스대는 그의 표정은 혈마가 굳이 해석해 주지 않아도 충분히 이해할 수 있었다.

'멍청이들. 여길 못 나온다고 싸운 거야?'

임홍은 볼 것도 없이 혈괴 쪽으로 다가갔다.

혈괴가 저쪽으로 갈 수 있다는 말은 곧 자신 역시 갈 수 있다고 생각했기 때문이다. 물론 다른 일행들의 생각도 크게 다르지 않았다.

하지만 이 혈옥의 문은 조금 미심쩍었다.

저렇게 쉽게 나갈 수 있다고 보기에는 조금 의심스러웠다.

물론 그건 다른 일행들의 생각이었고, '저 바보가 할 수 있으면 나도 할 수 있다!' 라고 생각하는 임홍은 아무런 머뭇거림 없이 혈옥의 바깥을 향해 발을 내딛고는…….

쿵!

약 다섯 번째로 혈옥의 결계에 부딪쳐 이마를 찧고는 기절했다.

"……."

일행들은 다시 할 말을 잃었다.

그들은 일제히 바깥에서 자신들을 무시하고 있는 혈괴와 바닥에 누워 있는 임홍을 번갈아가며 쳐다봤다.

"도대체 왜!"

소여락은 이해할 수가 없다는 표정으로 말했다.

"혈괴는 바깥으로 나갈 수 있고, 임홍은 바깥으로 나가지 못한다면 둘에게 차이점이 있다는 건데……."

소여락은 다시 둘을 번갈아 보며 자세히 뜯어봤다.

"똑같이 미련하게 생겼고, 덩치도 크고. 다른 게 거의 없잖아!"

혈괴와 임홍은 따로 분류하기에는 너무도 닮은 점이 많았다.

다만,

"근데 왜 혈괴는 통과할 수 있는 거지?"

혈괴는 혈옥을 나갈 수 있었고, 임홍은 그렇게 할 수 없었다.

거기에서 얻을 수 있는 정보는 없었다.

아니, 있다면 적어도 지능과 이 결계의 출입과는 관련이 없었다.

소여락의 물음에 아무도 대답해 주지 못했다.

다만 모두가 그녀처럼 어안이 벙벙한 눈으로 지금의 상황을 어떻게 받아들여야 할까 궁리하기 바빴다.

그때 소여락이 다시 입을 열었다.

"혈괴만 나갈 수 있는 거야? 아니면……."

그녀의 눈에 이채가 스쳐 지나간다.

"임.홍.만 못 나가는 거야?"

일리가 있었다.

소여락과 곽소천은 의미심장한 눈빛을 교환했다.

만약 그렇다면 확인할 수 있는 길은 단 하나뿐이었다.

이전에도 사용한 방법이었다.

척척.

소여락은 혈마의 왼팔을, 곽소천은 혈마의 오른팔을 꽉 붙잡았다.

"왜, 왜 이러나!"

혈마는 '혹시?' 라고 중얼거리며 불안한 기색을 숨기지 못했다.

곽소천은 씨익, 웃었다.

안타깝게도 혈마의 불안감은 사실로 드러났다.

쿵!

있는 힘껏 그를 내던진 소여락과 곽소천은 무형의 벽에 완전히 처박혀 스르르 허공중에 미끄러지듯 쓰러지는 혈마의 모습을 봐야만 했다.

"흐음."

혈괴가 혈옥의 바같으로 무사히 나간 것을 봤을 때나, 임홍이 결계에 부딪쳐 기절한 모습을 봤을 때와는 다르게 침착하게 그 사실을 받아들이는 둘이었다.

마치 예상이라도 한 듯이.

진천악은 그들의 사악함에 진저리를 쳤다. 악마가 이 세상에 존재한다면, 소여락과 곽소천은 그들의 우두머리쯤 될 듯싶었다.

'즐기는 건 아니겠지?'

어딘가 흡족해 보이는 그들의 미소는 진천악의 의심을 잠재우지 못했다.

진천악은 그 독특한 분위기를 참지 못하고 결국 휘인에게 물었다.

“이제는 어떻게 할 거지? 이 현상에 대해서 어떻게 생각하지?”

좀처럼 입을 열지 않는 진천악이었지만 처음으로 그가 먼저 물었다.

그 결과…….

“넌 누구야?”

소여락이 싸늘하게 노려보며 쏘아붙였다. 많은 시간을 같이 보내왔지만, 그녀는 이제야 물었다. 마치 지금까지는 진천악의 존재 자체를 몰랐던 사람처럼.

진천악이 대답하기도 전에 곽소천이 입을 열었다.

“왜 그 뇌운비에게 뒤통수당한 놈 있잖나. 그때부터 쭉 진드기처럼 붙어 있었는데 몰랐나?”

“…….”

진천악은 할 말을 잃었다.

물론 그나마 곽소천이 자신의 존재 자체를 알아주는 게 고맙기는 했지만, 사실 듣고 보면 정말로 고마움을 느껴야 하는지는 잘 모르겠다.

그제야 소여락은 이마를 탁! 치며 알겠다는 듯이 고개를 끄덕였다.

물론 그렇다고 소여락의 눈길이 더 부드러워지는 건 아니었다.

"네가 뭐라고 우리에게 질문하는 거지? 우리의 일행도 아니고, 그렇다고 우리 일행으로 받아들일 것도 아닌데 말이야."

소여락의 말을 듣고 있던 곽소천이 어처구니가 없다는 듯이 말했다.

"우리 일행?"

틀린 말은 아니었지만, 소여락의 입에서 나오니 어색하기 그지없었다.

분명히 그녀의 입으로 일행이 되고 싶다고 하여 휘인을 따라온 것이지만 그녀가 실제로 그렇게 생각하고 있었는지는 휘인 역시 처음 알았다.

소여락은 얼굴을 굳히며 곽소천을 노려봤다.

곽소천은 그냥 어깨를 으쓱였다.

'아무렴 어때?'라고 말하는 듯싶었다.

그러자 소여락은 다시 진천악을 쏘아봤다.

진천악은 그녀의 시선을 받으며 어색한 미소만을 띠어 보였다.

물론 어쩔 줄 몰라 하는 건 아니었다.

능청스러움은 진천악의 특기이자 유일한 무기라고 할 수 있었다.

"같은 처지에 처했으니까 나름대로 나도 동료라고 할 수 있지 않겠어?"

대충 넘어가려는 그의 의도가 빤히 보였다.

그의 뜻대로 넘어가 줄 수도 있건만 소여락은 그렇게 호락
호락하지 않았다.

"같은 처지에 있으니까 동료라고? 넌 도대체 어느 나라에
서 왔어? 그게 말이 된다고 생각해! 그럼 모든 거지들도 동료
고, 기생들도 모두 동료고, 무인들도 모두 동료야? 네 사고방
식은 그래?"

진천악은 난처하다는 듯한 미소를 보였다.

"예쁜 얼굴을 그렇게 구기면 피부 미용에 안 좋지 않아? 말
도 좀 곱게 하면 좋고."

"……."

뜬금없는 칭찬에 보통 여자라면 피식 웃거나 적어도 빈틈
을 보인다는 점을 이용하여 말한 진천악이었지만, 소여락은
그를 한심하기 짝이 없다는 듯이 '동정심' 마저 담긴 눈으로
노려보고 있었다.

소여락이 말이다.

소여락은 그를 모르겠지만, 관찰력이 있는(물론 소여락이 무
관심한 거지만) 진천악은 소여락의 싸늘하고 무심한 성격을
아주 잘 알고 있었다.

그래도 진천악의 작전이 아주 안 먹힌 건 아니었다.

소여락이 상대할 가치를 느끼지 못하고 더 이상 추궁하지
않는다는 성과가 있었다.

다만 소여락이 자신을 벌레처럼 쳐다보게 되었지만 말이다.

진천악은 휘인에게서 대답을 기다렸다.

소여락에게 방해를 받았지만 어쨌든 진천악은 휘인에게 꽤나 중요한 질문을 묻고 있었다.

너무도 당연한 듯 휘인을 바라보며 대답하기를 기다리는 진천악을 보며 곽소천이 혀를 찼다.

“어느새 우리 일행처럼 행동하는군.”

“우리 일행?”

이번에는 소여락이 곽소천에게 똑같이 물었다.

곽소천은 어깨를 으쓱여 보였다.

휘인은 진천악을 물건 쳐다보듯 바라보며 입을 열었다.

“여전히 모르겠다.”

혈옥의 바깥에서 여전히 우쭐대고 있는 혈괴를 보며 대답하는 휘인이었다.

“그리도 이거 하나는 확실하군.”

휘인에게 시선이 집중되었다.

“……?”

“혈괴만 특별히 염옥에 갇혀 있던 이유가 따로 있었다는 게.”

일행들은 멍하니 고개를 끄덕였다.

제4장

운비마석(雲秘魔石)

어둠 속에서 뇌운비는 턱을 괸 채 가만히 미동도 없이 앉아 있었다.

가끔 안광을 번뜩일 뿐 그 외의 변화는 보이지 않았다.

그냥 깊은 생각에 빠져 있을 뿐.

뇌운비에게는 이전에 없던 하나의 표식이 생겼다.

그의 오른쪽 주먹엔 금박의 글씨가 쓰여 있었다. 아니, 쓰여 있는 건지 아니면 애초에 피부가 그런 건지 구분하기조차 힘들었다.

검은 주먹이라서 그런지 눈에 확 띄었다.

破.

깨뜨릴 파.

그냥 멋으로 문신을 새겼다고 생각할 수도 있었지만, 문신이라고 치부하기에는 너무도 완벽했다. 조금의 어색함도 없어 그냥 태어났을 때부터 지녀온 표식이라는 생각마저 들었다.

'체내가 안정되었다.'

뇌운비가 의식을 되찾고 나서 가장 먼저 깨달은 게 그것이었다.

진천악과의 혈투 이후 뇌운비의 체내는 급속하게 망가지기 시작했다. 인형설삼의 기운을 하루아침에 모두 흡수한 게 아니었기 때문에, 불순한 기운들이 체내를 헤집어놓은 것으로도 모자라 응혈(凝血)까지 생성하여 건강을 많이 해쳤다.

하지만 그 돌!

검은 돌을 쥐고 나서는 몸이 안정을 찾았다.

이전과는 조금 다른 의미로 몸이 깃털처럼 가벼웠고, 주먹에 힘이 넘쳤다.

그것도 유독 오른쪽 주먹만.

뿐만 아니라 인형설삼의 기운이 완벽하게 흡수되어 조금 더 넓은 단전을 선사해 주었다.

그러니까,

‘무적(無敵)이 된 게 아닐까?’

뇌운비는 절대로 겸손한 성격이 아니었다. 그렇다고 으스대는 성격도 아니었다. 자신을 과소평가하지도, 과대평가하지도 않았다.

하지만 이 넘쳐 나는 힘은 자신의 상상 밖인 듯싶었다.

뇌운비는 눈앞의 탁자를 주먹으로 내려쳤다.

특별히 부수려고 큰 힘을 준 게 아니고, 단순히 탁! 이라는 소리가 날 만큼만 힘주어 쳤다.

탁!

정말로 탁! 소리가 났다.

탁자는 멀쩡해 보였다.

하지만 멀쩡해 보이는 것도 잠시.

쩌억!

곧 탁자는 산산조각이 나 가루로 변해 흩어졌다.

정작 뇌운비에 의해서 그렇게 되었지만 당사자가 더 놀라는 모습이었다.

물론 처음으로 시험해 보는 게 아니었다.

이미 무림맹주실의 벽이라는 벽에는 모두 실험해 보았다. 무림맹주실은 사방이 옆방과 이어져 있었고, 바닥에는 가루 먼지가 잔뜩 쌓여 있었다.

처음 보는 광경도 아니건만 볼 때마다 뇌운비는 놀랐다.

그만큼이나 이 신비한 힘은 상상을 초월했다.

'깨뜨린다는 의미가 바로 이런 건가?'

뇌운비는 오른쪽 손을 쥐었다 펴면서 가만히 그 모습을 바라봤다.

그리고는 금박을 한 듯한 손등의 글씨를 봤다.

자신의 힘이기는 하지만 감당하기 힘들었다.

어떻게 받아들여야 할지도 아직 확실치 않았다.

스르르.

그때 누군가가 방문을 열고 안으로 들어왔다.

아무런 기척 없이 그냥 들어올 정도로 배짱이 큰 인물은 마교에 단 두 명밖에 없었다.

태상교주와 불청객 비.

근래에 들어 태상교주는 뇌운비를 피하고 다녔으니 그는 아니었다.

키가 뇌운비의 가슴팍까지밖에 오지 않는 왜소하기 짝이 없는 노인, 비였다.

뇌운비는 안광을 번뜩이며 비를 노려봤다.

이 신비한 힘을 얻어 좋은 게 있다면 바로 비를 조심스러워할 필요성이 없어졌다는 것.

자존심이 상해 내색은 하지 않지만 자신을 두려워하는 그가 느껴졌다.

이제는 조금 귀여운 구석도 있었다.

"뭐냐?"

항상 말을 함부로 했지만 이제는 비웃음을 띠어줄 정도로 여유가 생겼다.

뇌운비는 점점 이 힘을 즐기기 시작했다.

비는 못마땅한 눈으로 입을 열었다.

"이제 어떻게 할 생각이냐?"

예전처럼 낄낄낄 하고 웃지는 않는다. 아니, 그렇게 못한다는 게 맞다.

뇌운비는 피식 웃었다.

"무슨 상관이지?"

뇌운비는 그에게 일일이 대답해 줄 필요를 전혀 느끼지 못했다.

그는 더 이상 자신에게 위협이 되지 못했다.

물론 그런 사실을 받아들이지 못하고 애써 주먹을 써 죽음을 맞이할 때까지 반항을 하는 어리석은 이들도 있었지만, 그들과 달리 비는 생각보다 머리가 좋았다.

'아니면 겁이 많던지.'

비의 얇고 작은 눈이 조금 더 가늘게 떠졌다. 눈을 감고 있는 건지 아니면 정말로 뜨고는 있는 건지 뇌운비는 심히 고민해야 했다.

"나는 단가후의 스승이다. 그리고 너는 단가후의 후대를 이은 교주다. 엄연히 따지고 보면 나의 배분이 너보다 높지 않나?"

뇌운비의 미소가 더 비릿해졌다.

배분을 따지는 걸 보면 자신의 신비한 힘이 무섭기는 한 모양이다.

"마교에서 배분을 따지겠다는 말이냐?"

얼마나 다급하면 마교에서 배분을 따질까. 힘으로 배분과 서열을 뒤엎을 수 있는 마교에서 말이다.

점점 더 난처해 보이는 비였다.

"굳이 배분을 따지겠다면 어쩔 수 없지."

"……?"

뇌운비가 배분을 따진다는 말에 제대로 수긍이나 할 줄 아는 인물이면 이렇게 불안하지는 않을 것이다. 그렇기에 비는 머리를 굴리며 도대체 그가 무슨 짓을 하려는지 고민해야 했다.

'혹시?'

비는 불안한 눈빛으로 그의 오른쪽 주먹을 응시하고 있었다.

조금이라도 움직이면 바로 도망갈 기세다.

뇌운비가 자신을 그런 눈빛으로 보고 있다는 사실을 알아챈 비는 표정을 구겼다.

'저 빌어먹을 마석이 뭐라고!'

단 한 번도 마석의 실질적인 힘을 본 적이 없는 비였지만 짐작할 수는 있었다.

단순히 벽과 탁자를 먼지로 분해하는 게 그 힘의 끝은 아니었다.

적어도 비가 알기에는 그러했다.

그때 뇌운비의 비웃는 듯한 음성이 들려왔다.

"배분을 확실하게 해주지."

그 말에 자기도 모르게 움찔하는 비였다. 혹시나 주먹이 날아올까 경계하고 있는 게 눈에 훤했다.

물론 뇌운비는 그렇게 하지 않았다.

"너는 그럼 태상교주와 비슷한 배분이지? 그리고 그 배분을 들먹여서 간섭 좀 해보겠다는 말이 아닌가? 네가 내정간섭을 하기 위해서는 내가 허락해야 함은 물론 장로 이상의, 적어도 태상교주 직은 있어야지. 교주였던 적은 없으니까 태상교주의 자리를 줄 수도 없고, 그렇다고 장로의 직을 줄 수도 없는 게, 네 말대로 네 배분은 너무 높아. 내가 너에게 줄 수 있는 자리는 원로원뿐이지. 실상 원로원장인 태상교주도 내정간섭을 못하니까, 아무리 원로원에서 높은 직을 얻게 돼도 너는 나에게서 네가 원하는 대답을 얻을 수 없어. 네게는 그럴 만한 권한이 없다는 말이지. 마교의 일급 비밀들을 네게 알려줄 수 없다는 말이야. 알아듣겠어?"

뇌운비의 긴 연설 아닌 연설을 들으며 비는 고문당하는 기분이 들었다.

적어도 뇌운비는 그를 괴롭히고 있었다.

뇌운비가 말이다.

자신이 단번에 교주가 되기 위해 처단했어야 하는 대상의 인물이!

암회주를 뵐 면목도 없었고, 자신의 자존심 역시 이 일을 용납하지 않았다.

하지만 그때마다 뇌운비의 오른쪽 주먹에서 번뜩이는 금빛 글씨가 눈에 들어온다.

"그래서 알려주지 못한다는 거냐?"

조금은 비참한 음성이다.

뇌운비는 억지로 걱정하는 듯한 표정을 지어 보였다. 물론 자신이 그를 걱정하지 않는 건 물론 그런 표정을 지어 보이면서 자신이 동정의 대상이 되고 있다는 사실을 새삼 깨닫도록 하고 있었다.

그것도 일부러.

"앞으로의 마교 행방은 일급 비밀이거든. 외부에게 알려지면 곤혹스러운 일급 비밀이란 말이야. 오로지 서열 십위 이내의 장로들에게만 알려줄 수 있지."

그때 비의 눈빛에 이채가 스쳐 지나갔다.

"그럼, 내가 서열 이위가 되면 된다는 건가?"

비는 자신있었다.

서열 일위는 뇌운비니까 제쳐 두고서라도 나머지 인물들은 모두 처리할 자신이 있었다.

이위에서 십위가 한꺼번에 덤벼도 이길 자신이 있었다.

안타깝다는 듯이 뇌운비가 고개를 절레절레 흔들었다.

"이번에는 또 왜!"

모처럼 묘안을 낸 자신의 의견이 인정받지 못하자 광분을 토해내는 비였다.

그러면서도 한편에 피어오르는 불안감에 표정을 구겼다.

'나를 갖고 노는 건가?'

뇌운비는 자신에게 지금의 마교 동향과 앞으로 일을 추진할 방향에 대한 사실을 알려주고 싶어 하지 않는다.

그건 상식이었다.

그냥 싫다고, 안 된다고 하면 자신은 어쩔 수 없는 위치이다.

그런데 그는 애써 권한을 들먹이면서 자신에게 그 권한을 얻을 수 있는 방법을 알려준다. 그리고 정작 그 방법을 써먹으려고 하니 안 된다고 한다.

'날 갖고 노는 거냐! 이 꼬맹이가!'

비의 얼굴이 시뻘겋게 달아올랐다.

자존심이 상했다.

비가 막 소리치려는 찰나였다.

"네가 거들먹거리는 그 배분 때문에 안 된다고. 크크크. 너는 양로원밖에 못 가. 아까 말했잖아?"

그렇다.

배분을 꺼낸 건 자신이었고, 이미 처음에 뇌운비가 그것 때문에 자신을 양로원에 배치할 수밖에 없다는 말을 했다.

결국 다시 제자리로 돌아왔다.

완전히 농락당했다.

비는 이제 이판사판으로 그냥 그에게 달려들 작정이었다.

모든 사람에게는 인내심의 한계라는 게 존재하는데, 비는 여기까지였다.

하지만 이번에도 뇌운비에게 제지당했다.

"하지만 눈감아줄 수도 있어."

"……?"

이성의 끈이 끊어지려는 찰나에, 아니, 끊어져 버린 찰나에 비는 다시 그 끈을 붙였다.

"배분에 신경 쓰지 않을 수 있다고. 나는 조금 관대하고 열린 사고를 지녔거든."

'잘됐네! 기다려. 당장에 서열 이위의 목을 쳐 올 테니까' 라고 말하려던 비는 입을 벌린 채로 가만히 생각에 빠져 있었다.

뇌운비가 이렇게 순순히 받아들인다?

자신의 의견을?

그럼 그냥 말해주면 되는데 왜 군이 이런 방식으로 자신을 끌어들이려는 것일까?

권한 때문에?

마교 내부의 규정 때문에?

뇌운비가?

'절대 아니지.'

뇌운비는 마교의 규칙이나 규정은 조금도 신경 쓰지 않는 인물이다.

같이해 온 시간이 길지는 않았지만 적어도 그 정도는 단번에 파악할 수 있었다.

애초에 알려줄 생각이었으면 이미 말했다.

그리고 앞으로 어떻게 할 거냐와 같은 지극히 단순한 질문은 그냥 대답해 줄 수도 있었다.

그런데 이렇게까지 거창하게 부풀려서 말한다는 건 뭔가 꿍꿍이가 있다는 말이었다.

뇌운비는 사악한 미소를 지으며 말했다.

"아, 그냥 널 서열 이위로 임명할게. 너 정도의 실력자라면 다른 놈들도 별 이의를 제기하지 못할 거야. 어때, 그렇게 하겠어?"

"……?"

뇌운비의 말을 선뜻 이해하지 못하는 비였다.

'이제부터는 마교의 모든 일을 말해주겠다는 말인가? 아니면……'

불안감은 쉽사리 사라지지 않았다.

뇌운비가 그런 그의 의문을 해소해 주었다.

“그럼 너를 마교의 수석장로로 임명하겠어. 다음에 공식적으로 발표해 줄게. 알았냐?”

갑자기 친절해지는 뇌운비.

이건 위험 신호였다.

‘세상이 망하는 건가?’

적어도 비는 그렇게 받아들였다.

비는 의심이 가득한 눈으로 뇌운비를 자세히 뜯어보았다. 이 세상에는 얼굴을 멋대로 바꿀 수 있는 인물이 두 명 존재했다. 그 두 명 다 자신의 편이었다.

하지만 눈앞의 뇌운비는 분명 그 두 명이 아니었다.

그렇다면 이 뇌운비가 자신이 아는 뇌운비가 맞다는 말인데, 지금 그가 내뱉는 모든 말은 자신이 아는 뇌운비가 아닌 자신이 모르는 뇌운비였다.

요약하자면 뇌운비가 아니란 말이었다.

그런데 뇌운비가 뇌운비가 아닐 수 없는데 어떻게 뇌운비가 뇌운비가 아닌 행동을 할 수 있는가!

이번에도 뇌운비가 그의 의문을 읽었는지 그 부분에 대한 답을 해주었다.

“그냥 이제 좀 친해져 보자는 거지.”

“…….”

사악하다 못해 악마의 신들이나 지을 법한 음산한 미소를 지어 보이는 뇌운비를 보며 비는 온몸을 부르르 크게 떨었다.

‘그게 말이 되냐!’

무슨 꿍꿍이가 있다고 생각한 비는 잠시 고민을 하던 중에 곧 그게 무엇인지 알아차릴 수 있었다.

아주 단순한 꿍꿍이였다.

“그러니까 나를 마교의 수석장로로 임명하겠다는 말이냐?”

뇌운비는 여전히 미소를 띠어 보이며 고개를 끄덕였다.

그제야 비는 확신했다.

“그러니까 교주의 자리를 들먹이며 나를 부려먹겠다는 말이지?”

뇌운비는 ‘아차!’ 와 같은 표정을 과장되게 지어 보이며 고개를 끄덕였다.

‘알아차렸네?’ 라는 대답이 얼굴에 쓰여 있었다.

하지만 너무도 과장되어 있어 비는 확신을 하면서도 불안감을 지우지 못했다.

여전히 자신이 농락당하는 기분이었다.

‘다른 꿍꿍이가 있다는 건가?’

아무리 생각해도 분명히 그는 그런 기색이었다.

‘하지만 다른 꿍꿍이가 있을 리가 없는데?’

하지만 아무리 생각해도 자신에게서 얻어낼 수 있는 건 별로 없었다.

　물론 수석장로가 된다고 해서 자신이 뇌운비에게 충성을 할 것도 아니지만, 그가 그런 걸 들먹이며 자신을 마교로 끌어들이려고 한다면 자신의 입장에서야 대환영이다.

　'근데 뇌운비가 그렇게 멍청했던가?

　자신이 그의 명령을 들을 것이라고 그는 생각하고 있는 건가?

　그때 뇌운비가 끼어들었다.

　"무슨 생각이 그렇게 많냐? 이 제안은 일시적인 거다. 항상 유효한 게 아니야. 여기에서 거절하면 거절하는 거고, 받아들이면 받아들이는 거다. 빨리 대답해. 난 그렇게 인내심이 많은 편이 아니라고."

　"……."

　뇌운비에게서 저런 말을 듣게 될 줄 꿈엔들 알았을까?

　'젠장, 될 대로 되라.'

　어차피 자신에게는 아무런 해가 없을 것이다.

　명령이 내려와도 듣는 척만 하면 되고, 앞으로 뇌운비의 곁에 있을 핑계가 많아지니 그를 연구할 시간도 늘어난다.

　조금 덜 불편할 수 있다는 말이다.

　관계가 조금은 더 확실해진다.

　자존심이 상하지만 그런 것들을 위해서 그 정도는 희생할 수 있었다.

　"되겠다."

“뭐라고? 잘 안 들려.”

개미가 기어가는 듯한 소리로 중얼거린 비를 향해 귀를 갖다 대며 말하는 뇌운비였다.

“되겠다고!”

이번에는 고함을 쳤다.

여전히 뇌운비는 만족스러워하는 얼굴이 아니었다.

“완벽한 문장으로 말하라는 말이다. 누가 상관에게 그런 식으로 말하지?”

“…….”

비는 마치 벼락에 맞은 듯한 표정으로 멍하니 뇌운비를 바라봤다.

‘혹시 그 다른 꿍꿍이가 나를 놀려먹으려는 거? 자존심을 죽이고, 최대한 괴롭히는 거?’

“…….”

어쨌든 그게 그의 꿍꿍이라면 지금 아주 제대로 먹히고 있었다.

뇌운비는 알고 있었다.

자신이 절대로 자존심을 굽히지 않을 것이란 것을. 하지만 이런 방식으로 자존심을 건드리면 자신도 어쩔 수 없다는 사실도 알고 있었다.

이유는 간단했다.

저런 대접을 받고 싶지 않으면 자신은 거절하면 된다.

그리고 저런 대접을 받고 싶으면(!) 자신은 승낙하면 된다.

아주 간단한 선택이면서도 복잡한 이해관계가 얽혀 있었다.

뇌운비가 그런 사실을 알고 있는 건지는 몰라도 자신으로서는 상당히 난처했다.

진퇴양난(進退兩難)이라는 말이 이렇게 어울리는 상황일 수가 없었다.

마음 같아서는 '절대 안 해! 미쳤냐? 라고 소리치고 싶었지만 그렇게 되면 이곳에서의 임무는 끝이 난다. 정보원으로도 유용한 역할을 못해내면 암회주가 자신을 어떻게 처리할지 눈에 선했다.

절대로.

절대로 그냥 돌아갈 수는 없었다.

'그렇다면 나는 승낙해야 하나?

뇌운비에게서 하수 취급을 받으면서 천대를 받을 거냐는 말이다.

"……."

이 고민은 절대 쉽게 끝나지는 않을 것이다.

뇌운비는 그 고민을 더욱 복잡하게 만들어주었다.

"선택권은 지금서부터 다섯을 세고 나면 없어진다. 평생 유효한 제안이 아니라고 분명히 말했어. 그럼 다섯!"

시간 제한까지 두니 비의 머리는 더욱 복잡하게 돌아가기 시작했다.

그러나 거기에서 뇌운비의 장난 아닌 장난이 끝은 아니었다.

"둘, 하나!"

넷, 셋은 빼먹고 바로 둘, 하나로 숫자를 세어버렸다.

'그건 다섯부터가 아니잖아!' 라고 말하려던 비는 자신의 의지와는 다르게 황급히 고개를 끄덕이고 있었다.

"하겠다고! 수석장로를 하겠어!"

뇌운비가 씩 웃었다.

여전히 사악한 미소였다.

적어도 비에게는 그렇게 보였다.

"내가 한 말을 잊었어?"

"……?"

뇌운비를 상급자로 받아들였다는 사실에 제정신을 차리지 못하고 있는 비는 그런 생각을 할 겨를이 없었다. 단지 자신이 그가 원하는 대로 완전한 문장으로 말했다는 사실밖에는…….

"누가 상급자한테 그따위로 말하지? 존대! 그리고 존경이 담긴 어조! 당연한 거 아니냐?"

"……."

비는 확신했다.

자신이 지금 크게 실수하는 거라고.

하지만 이 마수에서 빠져나갈 길은 보이지 않았다.

“죄송…… 합니다.”

비의 음성은 마치 울고 있는 사람의 것처럼 떨렸다. 오한이 서려 있었고, 복수심에 불타오르는 눈길로 뇌운비를 노려보고 있었다.

“잘 안 들려.”

“…….”

뇌운비는 사악했다.

그것도 악마의 우두머리를 낳은 아버지의 할아버지만큼이나.

“죄송합니다.”

여전히 비는 그를 노려보고 있었다. 아직 뇌운비를 잘 모르는 모양이다.

아니나 다를까.

“그 눈이 존경에 가득 차 있다고 하기에는 어폐가 있는 듯싶은데?”

“…….”

‘그럼 존경에 가득 차 있는 눈을 나보고 하라는 거냐? 너한테? 라고 말하는 듯한 표정에 인상을 너무 쓰다 못해 어디가 아픈 건 아닌지 의심마저 들게 하는 얼굴로 비는 주먹을 부르르 떨었다.

벌써 마음 같아서는 백만 번도 더 뇌운비의 안면을 후려갈겼다.

적어도 비의 머리에서는 백만 번도 더 죽은 뇌운비는 비릿
한 미소를 유지한 채로 말했다.

"아무리 위대한 나이지만 하루아침에 그런 눈으로 날 보기
는 불가능하겠지."

'알긴 아는구먼.'

소리 내어서 말하지 않는 것만 해도 엄청난 인내심을 필요
로 했다.

"그럼 날 보지 마."

"……?"

"눈을 마주 보고 있다는 건 동등한 위치에 서 있다는 것을
뜻한다. 아무리 교주 다음으로 높은 게 수석장로 직위라고는
하지만 교주랑 수석장로를 어찌 비교할 수 있겠어? 마교에 온
지 얼마 안 되어서 잘 모르나 본데, 교주가 아니면 나머지는
모두 수하야. 알겠어? 나는 신, 너는 비렁뱅이 거지라고 생각
하도록."

"……."

비는 정말 백만 번째로 자신이 지금 실수하고 있는 건 아닌
지 고심해야 했다.

대의를 위해서 자존심 정도는 포기할 수 있다고 생각한 것
부터가 잘못이었다.

아니, 적어도 상대가 뇌운비였다는 사실을 너무 과소평가
한 모양이었다.

뇌운비는 고민하는 비를 더욱 괴롭혔다.

"너에게 이제 선택권은 없어. 이미 너는 받아들였거든. 지금 와서 받아들이지 않을 거라면 너는 마교의 적으로 판명할 거다. 이미 여기까지 왔는데 지금 물러선다면 너는 내부에 심어진 내통자라고 볼 수 있거든. 왜냐고? 어차피 마교에 충성할 생각이었으면 마교인이 되어야지. 게다 단가후의 스승이라고 했으니 애초에 마교인이었다는, 그럼 마교의 이런 상하 관계에 대해서 잘 알고 있겠지? 알고 있으면서도 불복한다는 건 마교에 대한 반역으로 받아들여도 되겠지? 설마 몰랐다고 한다면 이 앞서의 모든 가정이 틀린 셈이지. 요약하자면, 너는 애초에 마교인이 아니라고 볼 수 있는 거고, 실제로 네가 어디에서 왔는지 아무도 모르니까 네가 정말 누구를 위해서 일하는지는…… 역시 모른다고 할 수 있겠지. 알겠어?"

"……."

뇌운비의 말은 구구절절 옳았다.

그리고 뇌운비는 가정을 하고 있다는 듯이 말하고 있었지만 그는 자신이 마교를 위해서 나타난 게 아니란 사실을 알고 있는 것이 틀림없다.

'하긴 상식적으로라도.'

뇌운비는 만만치 않은 존재였다.

하지만 한편으로는 다행이다.

'나를 단순하게 골려줄 생각이라면 별 상관없다.'

자신이 희생하여 대의를 이룰 수 있다면 상관없다. 물론 마교의 온 힘이 암회에게 도움이 되겠지만, 그렇지 않아도 상관없다. 적어도 마교의 움직임은 파악해야 계획이 순조롭게 돌아간다.

자신이 암회를 위해 할 수 있는 최소한이라는 말이다.

그리고 자신의 생존을 위해서 할 수 있는 최대한이기도 했다.

생각을 마친 비는 더 이상 뇌운비의 얼굴에 시선을 두지 않았다.

대신 고개를 숙였다.

뇌운비가 친절하게 지시까지 해주려고 입을 열었다.

"항상 나의 발만을 쳐다봐. 그 이상은 절대로 허용하지 않겠다. 만약 그 위를 보려고 한다면 '존경심에 가득 찬 눈으로 신을 바라보듯' 이 봐. 그런 눈이 아니라면 너는 이 마교에서 쫓겨난다. 알겠나?"

"……알겠습니다."

백만하고도 한 번 더, 그는 지금 이게 옳은 일인지 고민해야 했다.

하지만 역시 결론은 같았다.

어쩔 수 없다.

"목소리가 마음에 안 들어."

'요구 조건도 많네! 이 정도까지 하는데 뭘 더 원하는 거냐!’라고 외쳐 주고 싶었지만 그를 올려다볼 수도 없는 입장이라 어떻게 할 수가 없었다.

공교롭게도 뇌운비는 그런 그의 마음을 받아들였다.

“그 정도는 봐주겠어.”

뇌운비도 한계를 알고 있었다.

자신의 목적을 이루기 위해서는 그 한계선을 정확하게 지켜야 한다.

‘아무리 재밌어도.’

물론 그 한계를 넘나드는 일도 꽤나 재밌을 것이다.

뇌운비는 잔에 따라놓은 술을 가져왔다.

“자, 축배. 네가 정식으로 마교인이 되었으니 축하해야 하지 않겠어?”

“…….”

‘축하는 무슨 얼어 죽을 축하’라는 말을 속으로 삼키며 비는 자신에게 주어진 잔을 가만히 쳐다봤다.

‘독?’

“미친놈. 내가 거기에다 독을 타겠냐? 이렇게 어렵게 회유한 인재를? 게다 네가 어지간한 독으로 죽기나 하나?”

“…….”

그건 또 옳은 말이다.

그에게서 어떠한 살기도 느껴지지 않았고, 지금에서야 그가 자신을 죽이려 든다는 것도 어딘가 아귀가 맞지 않았다.

하지만 축배라니?

'그게 말이나 돼?

뇌운비의 성격에?

의심이 드는 건 당연했다.

게다 뇌운비의 짙어지는 비웃음은 이 술에 대해 더욱 의심이 들게 했다.

"상관이 말하면 복종한다. 알겠나?"

그 말을 하며 뇌운비는 자신의 잔을 비웠다.

사실 독은 따로 탈 수도 있다.

하지만 뇌운비는 그야말로 아무렇게나 잔을 집어, 아무렇게나 자신에게 건넸다. 익숙하게. 절대로 머리에서 '이건 독 탄 거니까 저놈 주고, 이건 안 탄 거니까 내가 마셔야지' 라고 생각하는 것 같지는 않았다.

아니, 충분히 그렇게 할 수도 있다.

뇌운비는 비상한 놈이었다.

그게 아니라 정말 대충하는 거라면 그가 이미 해독제를 복용했을 수도 있다는 말이다.

'게다 잔이 따라져 있었던 것도 수상해.'

마치 자신이 올 거라는 걸 알고, 자신이 그의 제안을 받아들일 거라는 걸 알았다는 듯이 잔은 따라져 있었다.

충분히 의심할 수 있었다.

"오호, 마시지 않겠다는 건가? 그럼 내 제안을 거절한 거라고 할 수 있는 데도?"

그때 새로운 가설이 떠올랐다.

뇌운비는 지금의 상황을 즐기고 있다.

자신이 마셔야 할지 말지, 독이 들어 있는지 없는지, 고민하고 있는 자신의 모습을 진심으로 즐기고 있었다.

'만약 그냥 나를 골리기 위한 거라면?

애초에 그가 자신에게 그런 제안을 한 것도 자신이 자존심을 꺾는 모습을 보기 위해서라고 확신하지 않았던가.

겨우 축배를 마시는 데도 고민하는 자신을 보면 도대체 그가 무슨 생각을 할까!

아니나 다를까,

"겁먹었군. 그래, 첫 번째 명령을 거부한 건 봐주도록 하겠어. 겁먹는 건 충분히 있을 수 있는 일이니까. 하지만 앞으로도 겁먹으면 곤란해. 겨우 술을 마시는 것보다는 훨씬 어려운 일이 많을 테니까."

"……."

그래.

이럴 작정이었다.

자신을 비아냥거리고 괴롭혀 줄 작정.

뇌운비라면 이렇게 하기 위해서 지금까지 자신을 회유 아닌 회유를 할 수 있을 것이다.

비웃기를 좋아하는 뇌운비니까.

자존심이 이 세상에서 가장 큰 뇌운비이기에 다른 이들을 짓밟는 걸 좋아한다.

비는 눈을 딱 감고 잔에 담긴 술을 단숨에 비웠다.

'만약 그가 나를 죽일 생각이라면 독을 사용하지는 않겠지. 게다 나를 죽일 수 있는 독은 단 하나밖에 없다. 피부로는 어떤 독도 타고 들어올 수 없고, 식도로 들어오는 독은 모두 뱉어낼 수 있다. 다만 예외가 있다면 무영혈수침. 심장에 직접 들어와 작용하는 마비독이라면 어쩔 수 없지만, 그건 침으로 피부를 뚫고 심장에 도달했을 때만 있을 수 있는 일.'

무영혈수침은 단가후가 소지하고 있던 독침이다. 그 출처는 물론 암회이다. 암회의 일원들은 모두 무영혈수침을 소지하고 있었고, 실제로 비도 가지고 있다. 일전에 뇌운비에게 써먹으려고 했지만 인형설삼의 기운은 그 마비독을 작용하지 못하게 하는 힘이 있어 수포로 돌아갔다.

어쨌든 그 무영혈수침에 발라져 있는 독은 식도에는 별 작용을 하지 못한다.

어지간하면 뱉어낼 수도 있고, 고작 마비독에 불과하다. 그것도 그렇게 오래 작용하지 않는다. 심장이 멈출 수 있는 충분한 시각이었지만 다른 부위에는 그렇게 큰 충격을 가하지 못한다.

기껏해 봐야 음식을 위로 못 보내는 정도? 그것도 이각 정도만.

뇌운비가 무영혈수침을 단가후에게서 입수했다고 해도 자
신을 해하는 건 불가능했다.

그리고 자신의 가정은 사실로 드러났다.

술을 마셨지만 아무런 해가 없었다.

독의 기미가 조금도 없었다.

'그래, 단순히 나를 놀려먹으려고 짠 뇌운비의 얄팍한 계
책이다.'

나이가 어린 이이기에 할 수 있는 자존심 싸움.

비는 뇌운비의 행동을 그 정도로 치부했다.

아니, 그렇게 생각하고 싶었다.

하지만 뇌운비의 눈빛이, 그의 웃음이, 그의 표정이 무엇인
가를 키웠다.

불안감을 키웠다.

불안감은 점점 커져만 갔다.

비는 그 불안감이 무엇인지 확인해야만 했다.

"나를 올려다보지 말라고 했을 텐데?"

비는 황급히 뇌운비의 발로 시선을 내렸다.

정말 한심하기 짝이 없었다.

'그래, 이거야. 그는 나를 이렇게 대하려고, 노예 취급하려
고 한 거야.'

확실히 이전에는 자신이 눈엣가시였을 것이다. 모든 일에
간섭하려 들었으니.

그러니까 그는 그의 방식으로 보복을 하는 거다.

어린아이처럼.

철이 늦게 드는 아이처럼.

그렇게 생각하자 그의 행동을 참기가 쉬워졌다.

웃음이 나기도 했다.

하지만 이상하게도 불안감은 가시지 않았다.

술에 독이 타져 있는 것도 아니었고, 뇌운비가 딱히 다른 이유가 있어 이런 고생을 사서 하는 것도 아닐 텐데 말이다.

그때 상기된 목소리로 뇌운비가 말을 했다.

기쁨에, 아니, 환희에 목소리가 떨렸다.

"혹시 알고 있나?"

"……?"

비는 여전히 뇌운비의 발을 쳐다보고 있었다.

"뇌충이라는 걸 알고 있나?"

"……!"

하늘이 노래지는 기분. 아니, 하늘이 무너진 기분을 비는 새삼 느끼게 되었다.

이 기분은 암회주를 마주하고 있을 때와는 비교도 할 수 없을 정도로 절망적이었다.

저승사자를 눈앞에 두고 있는 사람처럼 비는 벌벌 떨며 정말 겁먹은 얼굴로, 동공이 풀리고 머리에 나사가 하나 빠진 듯한 넋 나간 얼굴로 뇌운비를 망연자실한 눈으로 바라보고 있었다.

지옥이었다.

뇌충(腦蟲).

남쪽에 사는 벌레로, 육안으로 구분하기 힘들 정도로 작다. 뿐만 아니라 그 수도 상당히 적었다. 십 년에 한 번 알을 낳고는 죽는다. 그러니까 십 년을 산다는 말이다.

십 년 동안 아무런 일도 없으면 그 벌레의 수는 꾸준히 이어질 텐데, 자연재해나 인간에 의해 그 목숨을 꾸준히 잃기 때문에 그 수는 계속해서 감소하는 추세다.

멸종할 수밖에 없는 벌레라는 말이다.

실제로 백여 년 전에는 유용하게 쓰이던 뇌충이 근래에는 자취를 감췄다.

아예 멸종했다고 생각되었다.

하지만 뇌운비는 뇌충을 가지고 있었다.

물론 며칠 전 강희에게서 얻은 것이다.

비의 처리를 놓고 어떻게 해야 할지 고민한 끝에 강희가 암살자라는 사실을 떠올리고는 그들만의 방법으로 그녀에게 연락을 한 것이다.

실제로 휘인의 이야기를 그녀에게 전해야 했기 때문에 만나는 데는 별 문제가 없었다.

휘인의 이야기를 듣자 강희는 뇌운비에게 뇌충을 건네주고 당장에 혈옥을 여는 돌들을 모으러 갔다. 그녀는 암살자이기도 했지만 뛰어난 도둑이었다.

그러니까 강희와의 만남으로 뇌운비는 그의 가장 큰 고민거리 두 개를 한꺼번에 없앴다.

물론 강희를 만났을 때는 마석을 흡수하기 이전이었다.

지금은 그를 처리하는 데 남의 도움이 필요없었다.

그렇지만 확실히 뇌충은 유용하게 사용될 것이다.

뇌충!

뇌충은 기생충의 일종으로, 항상 액체 속에서 산다. 물론 육지 위에서 이동을 하기도 하지만 습기가 충분하지 않으면 뇌충은 이각 이내에 죽어버린다.

뇌충의 먹이는 특별히 정해져 있지 않았다. 하지만 가장 좋아하는 먹이는 정해져 있다. 그건 바로 사람의 뇌. 뇌충은 사람의 몸에 들어가면 항상 뇌를 갉아먹는다. 그러니까 사람을 죽이는 데 뇌충은 아주 유용하게 사용될 수 있다는 말이다.

하지만 그뿐만이 아니었다.

뇌충의 주 용도는 따로 있었다.

뇌충은 항상 암수가 붙어 있다. 태어났을 때부터 같이 붙어 있다는 말이다. 먹는 건 암컷의 일이었고, 암컷과 몸이 이어진 수컷은 그 영양분을 받기만 한다. 대신 수컷은 수중이나 육지에서 이동할 수 있는 기관이 있었다.

그러니까 수컷은 발이 되어주고, 암컷은 입이 되어주어 공생한다는 말이다.

하지만 꼭 암수가 붙어 있을 필요는 없다.

만약 암컷과 수컷이 떨어져도 각각 생명을 연명하는 방법이 있다.

수컷은 암컷에게서 받던 영양분을 직접 흡수한다. 물론 암컷처럼 소화기관이 없기 때문에 바로 영양분을 흡수해야 한다. 그런 환경이 아니면 수컷은 하루 안에 죽는다. 그렇기 때문에 만약 수컷이 홀로 사람의 육체에 들어가게 되면, 그 수컷은 뇌로 향한다. 뇌를 직접 갉아먹지는 못해도 뇌수를 마시면서 삶을 연명한다.

암컷은 소화기관이 있지만 이동 기관이 없기 때문에 수컷과 마찬가지로 영양분에 담겨져 있어야 한다.

사람의 몸에 투입되면 이동할 수 없기에 입에 들어간 즉시부터 몸을 갉아먹기 시작한다. 혀에서부터 닿는 데까지 말이다.

그렇기에 암컷이 몸속으로 들어간 사람은 천천히 죽어간다.

그것도 고통스럽게.

또 뇌충에게는 독특한 점이 있었다.

암수가 떨어지면 독특한 환경 속에서 살아갈 수밖에 없는데, 이상하게도 암수 둘 중 하나가 먼저 죽으면 나머지 남은 하나마저 죽었다.

서로 중 하나가 죽었는지 볼 수 없어도, 남은 하나는 이상하게도 같이 죽었다.

아직 왜 그런지는 밝혀지지 않았다.

여기까지는 뇌충이 사람을 죽이는 데 사용된다는 것밖에 알 수 없지만, 뇌충에게는 다른 독특한 점도 있었다.

뇌충의 몸에는 치명적인 독이 있었다. 뇌충은 죽는 동시에 그 치명적인 독을 뿜어낸다.

극미량이었지만 한 사람을 순식간에 죽이는 데 탁월한 효용이 있었다.

다만, 만독불침이라면 그 독에 별 해를 입지 않는다.

하지만 이 뇌충의 용도는 응용될 수 있었다.

수컷을 원하는 자에게 복용시킨다.

그러면 수컷은 생존 본능에 따라 뇌 쪽으로 올라가게 된다. 만약 수컷이 뇌에서 죽으면 아무리 만독불침의 고수라 해도 죽지 않을 수 없다. 만약에 운이 좋아 살아남는다 해도 뇌의 치명적인 손상으로 인해 뇌사 상태가 될 수밖에 없다.

죽음이나 마찬가지라는 뜻이다.

뇌운비는 비에게 수컷을 먹였다.

암컷을 먹였으면 천천히, 아마 일 년 동안은 살다가 죽었을 테지만 비는 최대 십 년은 걱정없이 살 수 있었다. 물론 암컷의 생명이 보장된다는 가정하에서.

하지만 비의 생명이 최대 십 년이라고는 할 수 없었다.

수컷을 그의 뇌에서 빼내는 방법이 존재했기 때문이다.

암컷이 수컷이 있는 곳과 일 장 이내의 거리에 있으면 특별한 신호로 수컷이 암컷을 향해 나오려고 한다. 그러니까 빼낼 수 있다는 말이었다.

요약하자면 뇌운비는 비의 목숨을 움켜쥐고 있다는 말이었다.

하지만…….

"어떻게 알 수 있지?"

뇌충을 먹었다고 확신할 수는 없었다.

뇌운비의 말이 사실이라면 자신은 여지없이 뇌운비의 명령에 복종해야 했다.

죽음.

비는 죽기 위해서 암회주에게 충성하는 게 아니었다. 죽고 싶지 않았기에 그에게 충성하는 것이었다.

하지만 뇌운비 역시 자신을 죽일 수 있는 입장에 서 있다면…….

'어쩔 수 없겠지.'

하지만 여기에는 하나의 가정이 필요했다.

'정말 내가 뇌충을 먹었는지는 아무도 모르지.'

게다 뇌충은 멸종했다고 알려졌다. 암회에서도 구하지 못했으니 정말로 멸종한 것이라고 생각할 수 있었다.

"네가 어떻게 뇌충을 먹었는지 알 수 있냐고?"

비는 고개를 끄덕였다.

뇌운비는 잠시 고민을 하는 듯 보였다.

"없지."

"……."

암컷을 보여주면 믿을 테지만, 그렇게 되면 일 장 거리 이내로 다가와 수컷을 빼내는 건 비에게 아무런 문제가 되지 않았다.

안전한 곳에 둔 암컷을 절대로 무림맹에 가져올 수 없는 게 뇌운비의 입장이었다.

물론 술독에 넣어 목숨을 연명시키는 데는 별 문제가 없었다.

비는 의심이 가득한 눈으로 뇌운비를 봤다.

"그러니까 네가 거짓말을 해도 나는 믿을 수밖에 없다는 말이지?"

뇌운비는 미소를 지으며 고개를 끄덕였다.

'뇌운비를 믿으라고?

뇌충이 정말 아직도 현존하는지도 확실치 않은 지금, 뇌운비의 말만 믿고 그의 명령에 복종하는 건 자살 행위나 마찬가지였다.

암회주는 자신이 돌아섰다는 사실을 알아차리기라도 하면 당장에 내려와 자신을 죽일 것이다.

하지만 뇌운비의 말이 사실이라면 그 역시 당장이라도 자신을 죽일 능력이 있다는 것.

그렇지만 지금 확실한 건 단 하나도 없었다.

비는 상당히 난처한 상황에 처해 있었다.

다시 뇌운비의 입이 열렸다.

"명심해."

거짓말이라고 하기에는 너무도 진지한 눈빛이었다.

"넌 증거를 원하지 않을 거야. 왜냐하면 넌 죽는 걸 원하지 않으니까. 그리고 내가 아는 증명 방법은 하나밖에 없다."

암컷을 죽여서 확인시켜 준다는 말이다.

협박이라고 하기에는 너무도 살벌했다.

"자아, 이제 어떻게 할 테냐?"

뇌운비의 눈은 확신에 차 흔들리지 않았다.

마치 자신이 하는 일을 확신하는 것처럼.

악마의 유혹을 받으며 비는 점점 확신을 잃어갔다.

제5장
회주청운(會主靑雲)

　암회주는 초로의 노인이었다. 부드러운 인상이 마치 옆집 할아버지의 모습이었고, 친절할 것 같기만 한 인물이었다. 평소에 화는 전혀 내지 않고, 항상 참으면서 따뜻한 미소를 지어줄 것만 같은 종류의 사람으로 보였다.

　편안한 인상이라는 말이다.

　그런데도 쉽게 잊혀질 듯한 얼굴의 사내, 청운은 그의 앞에서 벌벌 떨고 있었다.

　마치 이 세상에서 가장 무서운 사람을 눈앞에 맞이하고 있는 모습이었다.

　암회주는 오죽(烏竹) 지팡이를 매만지고 있었다.

정적이 생각보다 오랫동안 이어지자 청운은 어느새 불안감에 식은땀을 흘리고 있었다.

"일은 잘 진행되고 있느냐."

그나마 다른 이들을 대할 때보다는 조금 인자한 음성이라고 할 수 있었다.

암회주는 청운을 아꼈다.

자신의 혈육이자, 자신의 공부를 이었기 때문이다.

물론 그의 애정은 피에 의해서라고 하기보다는 아마 유용함에 있다고 할 수 있었다.

자신의 능력을 가진 인물이기에 그만큼 유용했다.

그리고 유용한 만큼 가치가 높았다.

"휘인을 혈옥에 완전히 가뒀습니다. 혈옥의 결계를 여는 돌 중 하나를 파괴했기 때문에 빠져나올 방법은 절대 없습니다."

혈옥이라는 단어에 암회주가 반응을 보였다.

잠시뿐이어서 그냥 스쳐 지나갈 수 있는 그런 반응이었다.

하지만 청운은 작은 것도 놓치지 않았다.

그리고 왜인지 알았다.

'아버지.'

혈옥은 애초에 암회에서 만든 감옥으로, 원래는 한 명을 위한 곳이었다.

이후 필요에 의해 목적이 바뀌었지만, 원래 혈옥은 개인 독방이었다.

청운은 잡념을 떨쳤다.

"아마도 휘인이 대의에 끼칠 수 있는 영향은 영원히 없을 것입니다."

"아마도?"

무미건조하지만, 정말 그렇지는 않은 목소리였다.

"죄, 죄송합니다. 확실합니다."

암회주는 묵묵히 고개를 끄덕였다.

분명히 변수 하나를 지웠다.

그렇지만 어째서인지 마음은 편하지 않았다.

암회주는 애써 다른 화제를 꺼냈다.

"마교 쪽의 일은 어떻게 되어가고 있지?"

마교라는 단어가 나오자 이번에는 청운의 안색이 파리해졌다.

창백하다 못해 정말 어디가 아픈 것처럼 보였다.

"문제가 생겼습니다."

비의 보고는 암회주에게 직접 오지 않았다. 전서구는 항상 위험하다.

오죽림의 위치가 어떻게든 밝혀지기 때문이다.

그렇지만 절차를 거쳐서 사람이 직접 들어오면 그 확률은 낮아진다.

거듭 조심해서 나쁠 건 없기에 모든 정보는 사람을 통해서 직접 와야 했다.

비에게 받은 보고는 청운이 전해야 했다. 항상 다음에 오죽림에 들어가는 이가 모든 정보를 받아 암회주에게 보고하기 때문이다.

이번 보고는 정말 식은땀이 홍수를 이루게 하는 안건이었다.

"마석이 무림맹에서 발견되었습니다."

"……!"

마석이라는 말에 그야말로 암회주는 경악했다.

그의 손끝이 떨리는 것으로 보아 꽤나 흥분한 모양이었다.

"어디에 있지?"

암회주는 오래전부터 마석의 위치를 파악하기 위해서 많은 자본과 인력을 쏟아 부었다.

물론 근래에 들어 포기한 기색이 역력했지만, 백 년이나 된 수사는 지금까지도 희미하게나마 이어지고 있었다.

거의 잊고 살던 마석의 존재가 다시금 떠오르자 암회주는 흥분을 감출 수 없었다.

그 위력은 전설에 알맞게 엄청났다.

마석의 전대 주인을 직접 경험해 본 암회주였기에 잊을 수 없었다.

"그게……."

청운이 머뭇거렸다.

사람이 머뭇거리는 이유는 아주 간단했다.

선뜻 대답하기가 두렵기 때문이다.

청운이 두렵다는 건 곧 자신이 원하는 대답을 해주지 못함을 뜻했다.

그리고 자신이 원하는 대답이 아니라는 말은…….

"비가 다음 대의 주인으로 선택받았다는 말이냐!"

허름한 방에 감당하기 힘들 정도로 짙은 살기가 쏟아져 나왔다.

청운은 핼쑥한 얼굴로 간신히 암회주를 마주 보고 있었다.

그의 눈밖에 보이지 않는다.

아무런 생각도 나지 않는다.

그게 암회주였다.

청운은 그야말로 어쩔 줄을 몰랐다.

왜냐하면 자신이 알기로는 그것보다 상황이 안 좋았기 때문이다.

만약 비가 마석을 흡수했으면 약간의 혼란이 있기는 하겠지만, 그래도 그는 암회의 일원이었다. 다른 이가 아닌 암회의 일원이기에 오히려 암회의 힘이 증가했다고 할 수 있는 것이다.

여기서 문제가 생긴다.

그때 살기가 순식간에 사라졌다.

살기가 물러갔음에도 불구하고 청운은 긴장을 늦추지 못했다.

아무런 빛도 띠지 않는 암회주의 눈은 청운의 온몸을 식은 땀에 젖게 만들었다.

"왜 대답을 못하지?"

아무리 살기로 겁을 주었다지만, 청운은 대답을 꼬박꼬박 하는 녀석이었다.

무섭다고 대답하지 않는 겁쟁이가 아니었다는 말이다.

하지만 청운은 대답을 하지 못하고 있었다.

"……."

암회주는 가만히 앉아서 청운의 대답을 기다렸다.

그 시간이 길어질수록 청운은 괴로운 고문을 당하는 기분이었다.

그리고 그 고문이 길어질수록 결국 고통스러워지는 건 자신이라는 사실도 알고 있었다.

청운은 힘겹게 입을 열었다.

"뇌운비가 마석을 발견하였습니다. 그리고 비가 조치를 취하기도 전에 이미 의식이 치러졌다고 합니다. 의식 도중에 처단을 하려 했지만, 도무지 접근할 수 없어 지켜볼 수밖에 없었다고 합니다."

“…….”

대답을 들은 암회주는 여전히 침묵을 지켰다.

대신 눈에 새로운 빛이 이글거리기 시작했다.

분노(忿怒)!

사람의 감정은 그의 몸을 통해 드러난다. 암회주의 경우에는 살기의 폭풍으로 드러났다.

살기에 맞서 싸우던 청운은 결국 바닥에 엎드릴 수밖에 없었다.

절대적인 공포(恐怖)!

아무런 생각도 남지 않는 건 물론, 그는 본능적으로 몸을 숙이며 벌벌 떨 수밖에 없었다.

살기만으로…….

살기만으로 암회주는 청운을 굴복시켰다.

일각이 지나서야 암회주는 진정했다.

뇌운비가 마석을 차지한 건 많은 손실을 뜻했다.

“우리의 피해를 말해보아라.”

청운은 아직도 동공이 풀려 있었다.

그렇지만 이지(理智)를 잃은 건 아니었다.

“일단은 회주님 소망의 성취가 연기되었습니다.”

회주가 마석에 미쳐 있다는 걸 모르는 회원은 아무도 없었다.

물론 그 소망이 영원히 사라진 건 아니었다.

일시적이었다.

일단 마석의 위치를 찾았다.

그것으로 된 것이다.

뇌운비가 죽기만 하면 마석은 암회주의 손에 들어오게 되어 있다.

"그리고?"

그렇게 큰 손실은 아니었다. 아니, 따지고 보면 이득을 본 일이다.

"더 이상 마교를 휘어잡을 수 없습니다."

뇌운비가 있는 이상 비 역시 아무런 역할을 해낼 수가 없었다.

마교의 교주 직도 빼앗을 수 없었고, 뇌운비를 꼭두각시로 이용할 수도 없었다.

뇌운비는 이미 암회주를 제외한 모두를 능가하는 힘을 손에 얻었다.

아니, 어쩌면 암회주 역시 어려울지도…….

'아니다. 할아버지는 신과도 같으신 분!'

청운은 암회주를 잘 알고 있었다.

마석이 있든 없든 그는 천하제일인이었다.

게다 그렇기 때문에 암회주가 차분한 게 아닐까?

아직도 대의를 이룰 수 있기 때문에!

그러니까 차분한 거다.

“그리고?”

화가 났을 때를 제외하고 언제나 그렇듯 무미건조한 음성이었다.

“정말로 삼파전을 치러야 합니다.”

마교에 대한 통제권을 잃었음은 물론이거니와, 무림맹에 심어져 있는 첩자 역시 없는 만큼 이제는 정말로 삼파전이 되었다.

그리고 무림맹의 힘은 증원을 통해 마교나 북해빙궁과 같은 동등한 입장에 놓여져 있었다.

처음의 계획은 마교와 북해빙궁의 힘으로 무림맹을 지워 버리는 것이었다.

하지만 뇌운비 때문에 더 이상 그런 일은 있을 수 없게 되었다.

“그리고?”

물음을 받은 청운은 난색을 표했다.

‘더 이상의 피해가 있나? 라는 얼굴이었다.

적어도 청운이 알기로는 이것으로 끝이었다.

그럼에도 불구하고 그렇게 선뜻 말하지 못하는 건 암회주의 성격 때문이었다.

들을 대답이 없으면 묻지 않는다.

회주 역시 비상한 머리를 지닌 사람이기에 이미 묻기도 전에 답을 알고 있었을 것이다.

그런 그가 또 묻는다는 건 대답할 거리가 더 있다는 뜻이었
다.

청운은 한참을 생각했다.

하지만 생각할 시간은 한정되어 있었다.

오래 기다리는 것만큼 회주가 싫어하는 건 없었다.

"모, 모르겠습니다."

딱!

그와 동시에 오죽 지팡이가 그의 볼을 후려 갈겼다.

살점이 떨어져 나간 모습이 흉했다. 피 역시 분수를 이루었
다.

물론 지혈할 틈은 없다.

청운은 여전히 무릎 꿇은 상태로 회주의 다음 지시를 기다
렸다.

"비를 잃었다."

"……?"

'왜 비를 잃었습니까? 라고 물으려던 청운은 입을 열지 않
았다.

절대로 회주의 뜻에 의문을 품지 않는다.

암회의 묵약(默約)이었다.

청운은 회주가 그 의문을 해소해 줄 때까지 기다렸다. 아무
리 피가 쏟아져도…….

“뇌운비가 비를 통제하고 있다고 해도 과언이 아니다. 적어도 그렇게까지 생각해야만 대의에 영향을 받지 않을 수 있다.”

강박관념(强迫觀念)이라고 생각할 수도 있었지만, 청운은 회주에게 의문을 제기하지 않았다. 비의 충성심이 어디에 있는지 알고 있고, 암회주가 살아 있는 한 그 충성심이 사라지지 않는다는 사실도 알지만, 청운은 절대로 회주의 뜻을 의심하지 않았다.

“법보다는 주먹이 가깝다.”

그제야 청운은 그의 뜻을 알 수 있었다.

법보다 주먹이 가깝다는 건, 아무리 법을 지키는 사람이라 해도 앞에 주먹이 있으면 그에 쉽게 굴복하기 마련이라는 뜻이다.

비의 경우에도 이 경우에 속했다.

암회주의 주먹보다는 뇌운비의 주먹이 가깝다.

비에게는 그 정도면 충분했다.

아니, 조금은 부족할 것이다.

‘뇌운비에게서는 도망칠 수 있지만, 암회주에게서는 도망칠 수 없을 텐데.’

정보력을 놓고 봐서라도 암회주에게서 벗어나려면 이 세상을 뜨는 것밖에는 방법이 없다.

그러니까 아무리 주먹이 가깝고 멀어도 결국에는 회주의

손바닥 위에서 논다는 말이다.

절대로 비가 배신할 수 없다는 말이다.

'하지만 거듭 조심하는 게 더 좋지.'

확률은 낮아도 아예 확률이 없지 않아 있으면 그것까지 고려하는 게 회주였다.

"어떻게 할까요?"

비에 대한 처리 말이다.

회주는 잠시 고민하는 듯싶었다.

"어떻게 했으면 좋겠냐."

회주는 답을 그냥 주는 인물이 아니었다.

수하들로 하여금 직접 답을 만들게 하는 인물이었다.

청운은 그의 특성을 오래전부터 알고 있었고, 이미 답을 준비했기 때문에 물은 것이다.

"비에게 오는 모든 보고를 무시합니다. 조금은 들어주는 척하면서도 실제적으로는 적으로 봅니다. 그럼으로 인해서 비에게 우리가 같은 편이라 생각하게 만든 후 상황을 지켜봅니다. 일정 시간이 흘러도 정직한 보고와 여전한 충성심을 보인다면, 그렇다면 그 이후부터는 뇌운비의 주먹에 굴복하지 않았다고 판단하여 그냥 내버려 두지만, 만약 한 번 이상 큰 오차가 있는 보고가 온다면……."

'죽인다.'

청운은 그 말을 속으로 삼켰다.

회주는 곰곰이 생각하는 모습이었다.

그리고는 이윽고 입을 열었다.

"그렇게 하도록."

제6장

신승화린(神僧花潾)

"그 이기적인 몸매의 누님은 어디로 사라진 걸까?"

키가 훤칠하고 부드러운 인상의 사내가 옆의 매혹적인 여인을 팔꿈치로 툭툭 치며 물었다. 짙은 검은 머리가 그녀의 백옥 같은 피부를 더욱 희어 보이게 했다.

"네가 부담스러워서 가버렸겠지."

"내가 너보다 나이가 더 많다는 사실은 이제 완전히 망각해 버렸구나. 예전처럼 무 오라버니라고 부를 수는 없는 거야?"

무여휘는 정말 억울하다는 듯이 독고령에게 물었다.

독고령은 기가 막히지도 않는다는 얼굴이었다.

"그때는 네가 가슴 큰 여자만 좋아하는 얼간이라는 걸 몰랐을 때지.”

“몸매가 이기적이어서 좋아했다니까! 그거랑 그거는 다른 거야!”

퍽!

“악!”

독고령은 그대로 무여휘의 머리를 후려쳤다.

“너는 그거랑 그거랑 같잖아. 희 언니가 혼자만 가슴이 크니까 이기적이라고 하는 거 아냐!”

“히히, 좀 그렇기는 하지?”

멍청이처럼 헤벌쭉 웃으면서 좋아라 침까지 흘리는 무여휘였다.

그런 놈에게 듣는 약은 하나뿐이었다.

퍽!

“악!”

바로 매라는 약이었다.

“오라버니라고 부르지는 못할망정 매일 때리기만 하냐! 이래서 가슴이 빈약한 것들은 안 된다니까.”

“……”

독고령은 허공에 입만 뻥긋거렸다.

어처구니가 없었다.

퍽퍽퍽퍽!

“윽윽윽윽.”

하루에 한 번.

독고령과 무여휘는 항상 이런 다툼을 했다.

항상 진행 과정이 똑같았다. 날마다 순서만 조금 다를 뿐이지 결국 시작과 끝은 같았다.

“난 가슴이 작지 않아!”

독고령의 외침은 너무도 커 주위에 있던 무사들의 시선이 한꺼번에 집중되었다.

쥐구멍이 있었다면 바로 들어갔을 사람의 얼굴을 한 채 그녀는 연신 무여휘를 두들겨 팼다.

“괜찮아, 넌 가슴이 작아도 얼굴이 이기적이잖아.”

“…….”

성희롱을 서슴지 않는 무여휘의 말이었지만, 독고령은 순간 그의 말을 알아듣고는 얼굴을 붉혔다.

“하긴 내가 조금 예쁘지.”

또 여자라고 예쁘다는 칭찬을 싫어하지 않는다.

금세 기분이 좋아진 독고령에게 찬물을 끼얹는 무여휘의 한마디.

“아니, 못생겨서. 남들에게 피해를 주는 그 얼굴로 어떻게 당당하게 돌아다니니? 넌 너무 이기적이야.”

“…….”

무여휘는 매를 사는 게 취미였다.

퍽퍽퍽! 퍽퍽! 퍽퍽퍽퍽!

이제는 리듬까지 타며 실컷 때리는 독고령이었다.

몇 주 전에 수천의 무사를 땅에 파묻은 무림맹 임시 지부라고 생각하기에는 너무도 평화로운 나날들을 보내고 있었다.

죽은 이들에게는 안됐지만 사람은 망각의 동물이었다.

아무리 슬프더라도 결국에는 그 감정이 희석되어 아예 사라진다.

애초에 인간은 고통을 좋아하지 않는다.

그렇기 때문에 그렇게 빨리 잊어버리는지도 모른다.

"너무해."

웃으면서 담소도 나누고, 꽤나 쾌활한 시간을 보내는 사람들의 모습을 보며 화린은 우울해져 있었다. 그녀는 아직도 남들처럼 그 큰 슬픔을 잊어버리지 못했다.

이해할 수 없었다.

높은 계단에 걸터앉아 보니 거의 모든 사람들의 모습을 볼 수 있었다.

결연한 모습으로 몸을 풀고 있는 무사들, 문파에서 온 어른들과 이야기를 나누는 후기지수들, 친구들과 이야기를 나누는 후기지수들, 문파에 오랫동안 묶여 있다가 이번 일을 계기로 다른 문파의 친구들과 만나 이야기를 나누는 무림 명숙들.

모두가 밝아 보였다.

후기지수들은 든든한 후원이 왔다는 안도감에, 무림 명숙들은 오랜만에 몸을 풀 수 있는 기회가 왔다는 부푼 감정에 모두가 밝아 보였다.

"여기 있었구나."

부드러운 음성이 등 뒤에서 들려와 화린은 깜짝 놀라며 바로 자리에서 일어났다.

이전보다 훨씬 수척해진 얼굴의 신승이었다. 애써 자상한 미소를 지어 보이려 했지만 힘이 없어 보여 화린을 가슴 아프게 했다.

"오셨어요!"

자기도 모르게 밝게 말하는 화린이었다.

밝게 말하려 했지만 밤새 울었기 때문에 목소리가 쉬어 있는 데다 가늘게 떨리는 게 그렇게 밝게 들리지도 않았다. 오히려 신승의 눈가에 이슬을 맺히게 하는 원인이 될 뿐이었다.

애써 웃는 신승은 애써 밝게 행동하려는 화린의 옆에 걸터앉았다.

"앉거라."

화린은 조심스럽게 신승의 옆에 바짝 붙어 앉았다.

"많이 슬프냐?"

신승은 화린의 어깨를 쓰다듬어 주면서 말했다.

뼈밖에 없는 손이었지만 따스한 온기가 그녀에게 전해졌다.

웃음과 눈물은 전염된다고 했던가.

긴장이 풀린 화린은 어느새 눈에서 눈물을 흘리고 있었다.

"흑흑."

그녀의 가는 흐느낌을 듣는 신승 역시 한줄기의 눈물을 볼에 떨어뜨렸다.

많은 생각이 교차한다.

지난 모든 슬픈 일들이 화린의 머리를 스쳐 지나가고 있었다.

휘인과 헤어진 일, 휘인에 의해 할아버지가 돌아가신 일, 마교, 북해빙궁에 의해 죽음을 맞이한 친구들.

무엇보다도 휘인에 관한 일이 가장 아팠다.

"울분(鬱憤)이냐, 아니면 애한(哀恨)?"

너무도 분한 감정인가, 아니면 그냥 슬프고 원통한 감정인가.

분하다면 그 대상은 누구인가.

그냥 슬프다면 그건 또 누구에 대한 건가.

머리가 너무 복잡해 아무런 생각도 하고 싶지 않았다. 화린은 가만히 신승의 어깨에 기대어 한참을 흐느꼈다. 울던 도중 밝게 웃으며 담소를 나누는 이들의 모습이 흐릿하게 보였다.

화린의 몸이 미묘하게 떨렸다.

"너만 슬퍼하는 것 같아 억울하니?"

화린은 작게 고개를 끄덕였다.

신승은 옅은 미소를 띠었다.

"그들도 슬퍼하고 있단다. 아마도 너만큼은 아니겠지만 우울한 감정은 가지고 있단다. 다만 눈에 보이지 않을 뿐이지."

"하, 하지만 다 기뻐 보이는데요."

그녀의 슬픔이 신승에게도 전해졌다.

신승은 우수(憂愁)에 가득 찬 눈으로 그녀를 지그시 바라봤다.

'너무 많은 슬픔을 겪었어.'

그것도 한꺼번에.

화린은 애초에 강한 아이가 아니었다. 애써 슬픔을 감추고 살아온 어린아이였다. 그리고 그 슬픔은 조금도 줄어들지 않았다.

조금도.

"그냥 감추는 거지. 슬픈 걸 생각하기보다는 앞으로 벌어질 행복한 일들만 떠올리는 거란다. 많은 이들이 희생됐지만, 그들 덕분에 이렇게 무림이 힘을 합쳤잖느냐. 그들에게 그 정도의 희생은 그렇게 큰 슬픔을 주지는 않는단다. 더욱 큰 기쁨을 주었기 때문에."

신승은 화린을 위해서 그들을 조금 미화시켜 말했다.

무림 명숙들은 후기지수들의 슬픔에 크게 애도하지 않는다.

자신의 제자였으면 모를까, 같은 문파의 후기지수가 죽어도 별 감정을 느끼지 못하는 것이 당대 무림의 현실이다.

그들을 여기로 이끌어온 건 바로 분노였다. 마교와 북해빙궁이 자신들의 앞마당을 유린한다는 것에 대한 분노. 참을 수 없는 분노였다.

물론 죽을 뻔한 후기지수들은 여전히 슬픔을 경험하고 있었지만, 반면에 무림 명숙들이 온 덕분에 긴장을 풀 수 있었다.

친구들의 죽음은 슬프다. 하지만 화린처럼 이십 일가량을 눈물을 흘리며 격분할 정도로 슬프지는 않았다.

화린이 이렇게 크게 슬퍼하는 데에는 그녀가 남들보다 감수성이 훨씬 풍부하기 때문이 아니었다.

신승은 그 사실을 알았다.

"네 슬픔은 다른 곳에서 오는 것이구나."

화린의 흐느낌이 멈췄다.

'그런가?'

신승의 말은 생각해 볼 계기가 되었다. 자신을 이렇게까지 슬프게 하는 원인이 무엇인지.

그렇게 오래 생각할 필요는 없었다.

'휘인.'

그냥 슬펐다.

모든 감정이 그에서 시작했고, 그에게서 끝이 났다.

별로 친하지도 않은, 사실 자기 잘난 맛에 사는 후기지수들이 죽어서 슬픈 것보다는 그 때문에 슬픈 게 훨씬 컸다.

‘정말 내 자신이 싫다.’

그의 그림자에서 벗어나지 못하는 게 이렇게 어려울 줄 몰랐다.

철천지원수인 데도.

“오늘까지만 슬퍼하거라, 오늘까지만.”

화린은 복잡해진 머리를 붙잡고는 그냥 신승의 어깨에 얼굴을 파묻었다.

‘복잡해, 복잡해.’

제7장

비밀회담(秘密會談)

뇌운비는 주먹을 매만지며 심기가 불편한 표정으로 자리에 앉아 있었다. 다리를 꼬며 의자에 대충 걸터앉은 모습은 시건방져 보이기도 했지만, 매끄럽게 깎아내린 옥안과 어울려 고풍스러운 분위기를 자아내었다.

청운의 요청에 따라 뇌운비는 다시 한 번 그와 만나기로 했다.

이번에는 이상하게도 무림맹에서 직접 만나자는 요청을 받았다.

물론 청운이라면 별 어려움 없이 무림맹 내로 들어올 수 있겠지만, 왜 굳이 무림맹으로 오겠다고 하는지는 정확하게 알 수 없었다.

스르르.

그때 누군가가 문을 열고 들어왔다.

뇌운비는 근처에 호위를 두는 성격이 아니다. 아니, 애초에 누군가가 주위에 있는 것을 싫어한다. 그리고 뇌운비는 싫어하면 참지 않고 그 분노를 발산한다. 그렇기 때문에 마교의 무사들은 뇌운비가 머무는 전각의 근처에도 얼씬거리지 않는다.

그런데 누군가가 아무런 기척도 없이 뇌운비의 안식을 방해한다?

이건 상식적으로 불가능했다.

"청운이군."

만약 그가 아니라면 말이다.

익숙한 마교 무사의 얼굴을 한 청운이었다. 이윽고 청운의 얼굴이 경악할 정도로 비틀리더니 그만의 잊기 쉬운, 그러니까 아무런 특성이 없는 평범한 얼굴을 되찾았다.

같은 남자라도 지나가다 뒤돌아볼 정도로 빼어난 외모를 지닌 뇌운비와는 참으로 상반된 얼굴이었다.

"오랜만입니다."

두 달가량을 오랜만이라고 한다면 그렇게 말할 수도 있겠지만, 너무도 빠르게 지나간 바쁜 나날들이라 체감한 시간은 그렇게 길지 않았다.

"이번에는 뭐지?"

뇌운비의 눈이 청운을 예리하게 뜯어보고 있었다.

뇌운비는 질질 끄는 걸 좋아하지 않는다. 형식적인 걸 죽는 것보다도 더 싫어한다.

"예, 저도 반갑습니다. 그리고 자리를 권해주셔서 감사합니다."

청운은 능청스럽게 웃으면서 뇌운비의 반대편 자리에 앉았다.

이 정도면 웃을 법도 하지만 뇌운비는 여전히 인상을 팍 쓰고 있었다.

물론 뇌운비와 친해지기를 바란 건 아니었기 때문에 청운은 대수롭지 않게 넘어갔다.

"시간을 너무 지체했습니다. 서로 눈치만 보다가 결국 무림맹이 제힘을 모두 찾았습니다. 대문파를 먼저 각개격파한 이후 이 신경전을 지속해야 했지만 일이 이미 이렇게 되어버렸습니다. 모두 제 잘못입니다."

"그래, 그래서 네 잘못을 어떻게 처리할 생각인데?"

"……."

'그게 무슨 네 잘못이냐, 그냥 일이 이렇게 된 거지. 그것도 우리의 생각보다 너무 빨리' 와 같은 위로를 바란 건 아니었지만, 뇌운비의 저러한 반응을 바란 것도 아니었기에 잠시 말문이 막힌 청운이었다.

"그냥 힘을 합쳐 무림맹을 쓸어버리는 겁니다."

"그건 이미 저번의 일로 사용할 수 없는 작전이 아닌가?"

마교가 북해빙궁을 배신한 일을 말하는 것이다. 마교에서는 몰라도 배신당한 북해빙궁은 다시 한 번 마교와 손잡는 것을 꺼릴 수밖에 없었다. 저번에는 운이 좋은 편이라고 할 수 있었지만 이번에는 상대가 달랐다. 같은 무림맹이라 해도 같은 무림맹이 아닌 상황이 되어버렸으니까. 믿는 도끼에도 발등을 찍힌다는데, 마교에게는 목이 찍힐 것이다.

"북해빙궁의 장로들은 아무 문제가 되지 않습니다. 혹시 그쪽의 수뇌부에서 이의를 제기할까요?"

청운의 눈빛이 이채를 띠었다.

장로들의 완전한 신뢰를 얻었다는 말인지, 아니면 모두 제압했다는 건지는 몰라도 결론은 청운이 북해빙궁을 휘어잡았다는 말이 되었다.

그리고 그는 자신이 마교를 완전히 장악했다고 생각하고 있다.

마지막의 회담에서 더 이상 태상교주가 자신의 장애물이 될 수 없다는 것을 확인했으니 그럴 법도 하다.

하지만 그 이후 비라는 새로운 장애물이 나타났다.

'그런 건가.'

뇌운비는 비릿한 미소를 지었다.

"미안하지만 내 쪽에서는 문제가 있군. 혹시 비라는 노인네를 아나?"

“……?”

청운은 짐짓 모르는 척을 했다.

어디가 그렇게 웃기는지는 몰라도 뇌운비의 미소는 조금 더 짙어졌다.

“갑자기 혜성처럼 튀어나온 노인네지. 단가후의 스승이라나 뭐라나. 혼자서 어떻게 처리할 수 있지 않을까 싶었는데, 아무래도 모르겠군.”

‘자아, 이제 어떻게 할 거냐, 청운.’

뇌운비의 눈은 웃고 있었다.

비웃는 건지, 아니면 그냥 습관인지는 그밖에 모르리라.

“그 정도의 고수입니까?”

청운은 무의식적으로 뇌운비의 오른 주먹을 내려다봤다. 천 조각으로 가리고 있었지만 청운은 그의 주먹에 무엇이 있는지 잘 알고 있었다.

‘무슨 생각을 하는 거지, 뇌운비?’

마석의 힘은 상상을 초월한다고 고서에 기록되어 있었다. 그리고 애초에 뇌운비는 인형설삼을 복용한 후라 불안정하기는 했지만 비와 거의 맞수를 이룰 정도의 실력을 지녔었다.

‘그리고 무영혈수침도 있지.’

휘인의 눈치를 보며 어쩔 수 없이 뇌운비에게 주었던 무영혈수침. 물론 그 무영혈수침에는 해독약이 있다. 예방약에 가까운 물질로, 한 번만 몸에 주입하면 계속해서 혈액 속을 돌아다니며 심장을 보호한다.

암회의 수뇌들에게는 그런 해독약이 일괄 지급된다.

다만 심장을 집중적으로 보호하기에 폐와 같은 곳에 무영혈수침을 맞으면 치명적일 수 있다.

어쨌든 뇌운비는 그 사실을 모른다. 대신 그 무영혈수침이 있으면 비처럼 번거로운 상대도 꽤 쉽게 이겨낼 수 있다는 걸 알고 있으리라.

'그런데 왜 처리하지 못한다는 거지?

의심의 빛이 청운의 눈을 스쳐 지나갔다.

아주 빠르게.

"그의 등 뒤에서 무영혈수침을 사용해 봤지만, 이상하게도 아무런 반응이 없었다. 정확하게 심장을 향해 던졌지만 심장에 채 도착하기도 전에 뼈에 막혔는지도 모르지."

'그 정도는 나도 안다.'

뇌운비는 큰 소리를 내어 웃고 싶었지만 참았다. 상대의 패를 모두 알고 있기 때문에 그가 무슨 생각을 하는지 알 수 있었다.

가소로웠다.

희희낙락한 뇌운비와는 달리 청운의 머리는 조금 더 복잡하게 돌아가기 시작했다.

"무영혈수침이 아주 작기는 하지만, 그가 눈치 채지 않았습니까?”

“눈치를 챈 것 같지만 내색하지는 않았어. 어쨌든 무영혈수침이 먹히지 않는 놈인지, 아니면 또 사용해야 하는지 모르겠군. 그렇지만 이번에도 먹히지 않는다면……. 그와 생사투라도 벌여야겠지.”

조금은 자신이 없다는 얼굴의 뇌운비였다.

‘어디 같잖은 연기를!’

청운의 얼굴이 약간 상기되었다.

‘거짓말을 하고 있는 게 분명하다. 마석을 흡수했으니 비를 처리하기 위해서 무영혈수침이 필요없는 게 확실하다. 그런데 무영혈수침을 사용해서 처리하려 했다고?

물론 마석을 흡수하기 전에 무영혈수침을 사용했을 수도 있다.

하지만 그렇다면 흡수한 이후에는 처리했어야 했다.

‘적어도 진짜로 그를 처리할 생각이 있었다면 말이지.’

처리할 수 있는 데도 그 장애물을 처리하지 않았다는 건 살려둘 가치가 있었다는 말이다.

그런데 그에게 가치가 있다고?

비에게?

뇌운비한테?

‘도대체 무슨 생각을 하는 거냐, 뇌운비.’

청운은 최악의 변수를 고려해야 했다.

'비가 뇌운비에게 돌아섰다?

그때 뇌운비가 청운에게 찬물을 끼얹었다.

"그를 조종하는 세력이 있는 것 같다."

뇌운비는 진지한 얼굴로 청운을 바라봤다.

"……!"

청운의 표정이 복잡해지기 시작했다.

'머리를 쓰는 건가?

"그게 정말입니까?"

뇌운비는 고개를 끄덕였다.

"그렇지 않고서는 이해가 가지 않는다. 갑자기 비라는 인물이 튀어나왔다. 공교롭게도 아무런 장애물이 없다고 생각한 그 시점에서 말이다. 가정일 뿐이지만 더 이상 마교가 자신들의 손에서 놀아나지 않을 것이란 사실을 깨닫고, 그 숨겨진 세력이 새로운 일원을 투입한 게 아닐까? 단가후나 태상교주가 그 세력의 임원이었을 수도 있고."

"이해가 되지 않습니다."

청운은 뇌운비를 그야말로 자세히 뜯어봤다. 거짓말을 하고 있는 건 아닌지, 정말로 그가 그의 머리로 이런 생각을 해낸 건지.

"비는 야망이 있는 인물이 아니야. 적어도 내가 느끼는 그는 그랬다. 수상한 부분도 한두 가지가 아니다. 단가후의 스승이었다고? 그것도 이해할 수 없는 부분이었다. 애초에 마

교를 휘두르고자 하는 야망이 있었으면 자신이 직접 마교의
교주가 되지, 왜 단가후를 키워내서 그를 시켰을까?"

일리가 있었다.

하지만 아직 뭔가가 부족했다.

"자신의 제자가 죽고 나서 그 복수를 위해서 마교로 돌아
온 것일 수도 있죠. 단가후를 죽인 북해빙궁에 대해 직접적인
복수를 하기 위해. 북해빙궁을 처리하기 위해서는 그 비라는
노인은 마교라는 힘이 필요했을 테니까요."

'끝까지 해보자는 거지?'

뇌운비는 피식 웃었다.

"그리고 그는 삼 일에 한 번 같은 시각에 항상 외출을 한
다. 직접 미행해 본 결과, 연락책이 있는 모양이었다. 그 연락
책을 미행해 볼 겨를은 없었지만, 조금 더 조사해 보면 알겠
지."

"……."

청운은 잠시 침묵을 지켰다. 이 엄청난 사실을 어떻게 받아
들여야 할지 모르는 얼굴을 하고 있었지만, 실제로는 머리를
굴리고 있었다.

'정말인가? 정말로 뇌운비가 그 암중 세력을 찾아내기 위
해서 그를 살려뒀다는 말인가?'

그렇다면 뇌운비가 비를 살려둘 가치가 있었다는 말이 되
고, 자신이 지금까지 생각해 온 모든 가정이 틀리다는 말이

된다.

그러니까 비는 뇌운비에게 충성을 하고 있는 게 아니었단 말이었다.

적어도 지금 뇌운비는 비를 의심하고 있을 뿐 암회에 대한 것을 아무것도 모르고, 비는 여전히 암회의 일원으로 충성을 다하고 있었다.

'최악의 경우는 아니란 말인가?'

아직은 조금 미심쩍었다.

뇌운비는 자신의 모든 의심에 대한 대답을 척척 주고 있었다.

마치 준비라도 해놓은 것처럼.

딱 한 가지만을 빼놓고.

"근데 그 손은 어떻게 다친 겁니까?"

뇌운비는 다시 한 번 피식 웃었다.

"그냥 다쳤다."

마치 무엇을 숨기려는 듯한 얼굴을 지어 보이며 다급하게 손을 아래로 내리는 뇌운비였다.

'나에게 숨기겠다는 건가? 그것뿐?'

이걸로 뇌운비에 대한 청운의 의심은 끝이 났다. 만약 비가 뇌운비에게로 돌아섰다면, 뇌운비는 비가 자신에게 마석에 대한 보고를 했다고 알려주었을 것이다.

그럼 애초에 자신에게 오른 주먹의 인(印)을 숨길 수 없다는 사실을 알고 이런 행동을 보이지는 않을 것이다.

아니, 만약 이미 비가 뇌운비에게 돌아섰고 뇌운비가 계책을 쓰고 있는 거라면,

'뇌운비가 계책을? 말보다 주먹이 먼저인 뇌운비가?'

청운은 그럴 가능성을 머릿속에서 완전히 배제했다.

'비는 아직 살아 있어도 되겠군.'

어차피 그를 죽일 일은 없을 것이라고 생각했다. 아직은 더 두고 봐야겠지만, 청운은 오늘 이곳을 방문한 목적을 달성했다.

핑계는 무림맹의 처리였지만 실제적인 목적은 비와 뇌운비의 관계를 살피는 것이었고, 이 정도면 충분하고도 남았다.

"비에 대한 감시에 더 신경을 쓰세요. 그가 어떤 세력을 위해서 일하는지 꼭 알아내시고요. 작은 변수라도 그냥 지나치면 안 됩니다."

'허위 정보를 줘야겠군.'

비에게 알려줘서 뇌운비의 손에 가짜 연락책이 붙잡히게 한 후, 그 가짜 연락책이 무림맹을 위해 일하고 있다는 사실을 불게 한다.

그렇게 하면 뇌운비에게 무림맹을 쓸어버릴 이유가 하나 더 늘어날 뿐이다.

"그럼 무림맹을 쓸어버리는 건 그 이후에?"

청운은 묵묵히 고개를 끄덕였다.

"그럼 다음에 뵙죠."

어느새 청운은 마교 무사의 얼굴을 하고 있었다.

이각이 지났지만 뇌운비는 여전히 청운과 헤어진 자리에서 생각을 정리하고 있었다.

스르르.

또다시 문이 열린다.

이번에는 왜소하고 눈이 째진, 기분 나쁜 인상을 주는 노인네가 들어왔다.

비였다.

"일은 잘 진행되었습니까?"

비는 뇌운비에게 완전히 복종하고 있었다.

비에게 선택권은 없었다. 지금 죽느냐, 아니면 나중에 죽느냐였다.

뇌운비에 의해서 바로 죽느냐, 아니면 배신한 사실을 눈치챈 회주에 의해 나중에 죽느냐.

뇌운비에게서 벗어날 방법은 그에게 충성을 받치는 것뿐이었다.

이미 선택을 했으니 비는 회주를 속이기 위해서 최선을 다해야 했다.

회주는 직감이 뛰어난 인물이고, 그의 눈 밖에서 벗어나기란 불가능에 가까웠지만 살기 위해서는 노력해야 했다.

"잘됐다."

뇌운비는 기분이 상당히 좋아 보였다.

언제 죽을지 걱정하느라 핼쑥해진 비와는 상당히 다른 양상이었다.

"청운은 완전히 속았다. 그 정도에 속아 넘어가는 놈일 줄은 몰랐는데?"

혼자서 히죽대는 걸 보면 꽤나 기분이 좋은 모양이었다.

비의 표정도 조금은 밝아졌다.

급한 불은 끈 모양이었다.

하지만 이 불은 아직도 씨가 살아 있었다.

'일단은 안심할 수 있다. 내가 배신했다는 사실이 발각되는 시점을 최대한 늦추려면 회주가 내 충성심을 의심하지 않을, 정말 큰 건수를 해내야 한다.'

비는 회주가 자신이 그를 배신했다는 사실을 영원히 모를 거라고는 생각하지 않았다.

비는 회주를 안다.

그는 신이나 마찬가지였다.

말하지 않아도 알았고, 낌새만 있어도 알았다.

그에게 무엇을 숨긴다는 건 불가능했다.

잠시 동안이면 몰라도 비밀은 절대 오래가지 않아 들통 나게 되어 있었다.

하지만 그 비밀이 들통 나는 시점을 조금 연장할 수는 있었
다.

오십여 년간 회주를 보좌한 비였기에 가능할 수도 있는 일
이었다.

"무슨 생각을 그렇게 하지?"

뇌운비가 물었다.

비는 그제야 현실로 돌아왔다.

"이제 겨우 일 단계를 마친 겁니다. 앞으로 헤쳐 나가야 할
단계가 훨씬 많고 어렵습니다."

자존심이 강한 비가 이 정도로 깍듯해지기란 정말 불가능
했는데, 이상하게도 그는 불가능을 이루어내었다.

목숨을 그 정도로 소중하게 여긴다는 말이었다.

"그 단계들도 모두 헤쳐 나갈 수 있어. 물론 네가 모든 정
보를 충분히 제공한다면."

지피지기면 백전백승이다.

적을 알고 나를 아는데 질 이유가 없다.

"그럼 이제는 어떻게 하지?"

뇌운비는 비에게 직접 물었다.

대충 앞으로 어떻게 일을 진행해 나가야 할지 윤곽은 잡혔
다.

하지만 비가 더 잘 알 것이다.

비는 암회를 속여야 하는 입장에 처했기 때문에, 자신의 발

등에 불이 떨어졌기 때문에, 그리고 적의 패를 꿰뚫고 있는 인물이기에 그가 가장 잘 알고 있을 것이다.

"회주는 남을 쉽게 믿지 않는 분입니다. 우연이란 존재할 수 없고, 공교롭게도 자신들이 좋은 쪽으로, 재수가 좋아 일이 진행되었다고 생각하시지 않습니다. 거듭 확인하고 나서도 의심을 하시는 분입니다."

"남을 믿기는 해? 그건 완전히 강박관념에 사로잡힌 사람 같은데."

"어쩌면 의심할 이유가 있기 때문에 의심하는 것일 수도 있습니다. 낌새를 느끼고."

퍽!

"그런 게 어디 있어? 그냥 의심증 환자라는 거지."

"그게 아니라니까!"

자신의 반의반밖에 살지 않은, 머리에 피도 안 마른 녀석이 자신을 쥐어박자 열이 치밀어 올라 자신도 모르게 예를 차리지 못했다.

뇌운비가 눈을 가늘게 떴다.

"지금 뭐라고 했냐."

비는 황급히 고개를 숙였다.

"죄송합니다."

"이번 한 번만 용서해 주겠어. 오늘 일이 잘 진행되었기 때문이야. 앞으로는 이런 일 없을 거야."

사실 비가 이렇게까지 깍듯한 데에는 뇌충 말고 또 다른 이유가 있었다.

뇌운비의 오른 주먹.

그는 항상 마음에 안 들면 오른 주먹으로 비를 두들겨 팼다.

온갖 고문을 모두 이겨낼 수 있을 정도로 질긴 비였지만, 정말로 뇌운비의 오른 주먹은 다른 고문들과는 그 차이가 컸다.

그의 주먹이 치면 미묘한 파동이 온몸을 헤집고 지나간다.

처음에는 작게, 그리고 시간이 가면서 크게.

내장을 거칠게 흔들고, 온몸 속의 피를 숫구치게 한다.

아주 살짝 치는데 그런 효능(?)을 준다.

조금만 더 세게 치면 내장이 파열될지도 모른다.

그리고 만약 그 파동이 뇌에까지 미치면 최대 뇌사, 최소 골이 아파 하루 종일 정신을 못 차린다.

그러니까 요약하자면 절대로 감당할 수 없는 고문이란 말이다.

비가 뇌운비에게 절대적인 복종을 보이는 이유는 그렇게 두 가지였다.

뇌충과 주먹.

"그러고 너, 왜 그 회주를 항상 '분' 이라고 높이는 거냐? 신경에 거슬린다."

배신을 했음에도 불구하고 그는 항상 회주를 높여 불렀다.

"습관입니다."

자신에게는 여전히 신이었다.

뇌운비는 크게 신경 쓰지 않았다.

그가 회주를 어떻게 생각하든 결국에 그는 자신의 편이다.

뇌충이 살아 있는 한.

아니, 이미 돌아섰으니 끝까지 한편일 것이다.

암회가 없어지거나 자신이 없어질 때까지.

"그래, 그럼 아까 하던 말이나 계속해 봐."

"아마 그는 제 충성심을 요구하는 일들을 몇 개 시키실 겁니다. 그 요구 사항들을 최대한 성실하게 이행해야 시간을 조금 벌 수 있을 거라고 생각합니다."

비의 말을 잠자코 듣고 있던 뇌운비의 표정이 확 구겨졌다.

"시간을 벌 수 있다고? 너는 여전히 그 회주라는 놈이 신이라 생각하고 있는 거냐? 천리안을 가지고 있다고 생각하냐? 그놈도 인간이야. 인간은 충분히 속일 수 있다. 아무리 대단한 놈이라 해도 속일 수 있단 말이다. 그러니까 믿어라. 믿지 않으면 정말로 못 속일 수도 있으니까."

뇌운비는 비를 이해할 수 없었다.

이렇게 완벽하게 일이 진행되고 있었는데 왜 아직도 그를 두려워하는 건지.

만약 뇌충이 그의 머리에 박혀 있는 상태가 아니라면, 절대로 회주를 배신할 사람이 아니었다. 정말로 마음에서 우러나오는 충성심을 가지고 있는 것도 아닌데 말이다.

'어떤 인물이기에.'

슬슬 그 회주란 인물이 어떤 놈인지 궁금해지는 뇌운비였다.

그러다 문득 휘인이 떠올랐다.

'휘인이랑 비슷한 놈일까?'

휘인에게는 경악할 만한 무위가 있지만, 당하는 사람도 왜 그렇게 되는지 모를, 정말 독특한 인력이 있었다. 사람을 끌어당기는 인력.

성품이 좋은 것도 아니었다.

그런데도 끌린다.

뇌운비는 머리를 절레절레 흔들면서 잡념을 지웠다.

"암회에서 오는 모든 정보는 나에게 가져와야 해. 하나라도 숨기는 게 있으면……."

뇌운비는 오른쪽 주먹을 쓰다듬었다.

그러자 비가 공포에 찬 눈으로 몸을 움찔했다.

"그런 일은 절대 일어나지 않을 겁니다."

"그래야겠지."

사악하기 그지없는 미소를 지어 보이는 뇌운비였다.

대충 정리가 되었다.

이 암회를 어떻게 상대해야 할지.

"후후."

뇌운비는 웃음을 참지 못했다.

제8장

낭중지추(囊中之錐)

 달빛이 은은한 밤, 꽤나 많은 수의 무리들이 모여 결연한 눈빛을 교환하고 있었다. 그들에게는 자신들을 희생하면서까지 무엇인가를 이루려는 숭고한 기색이 엿보였다.

 약 백여 명의 무사들의 선봉에 두 남자가 서 있었다.

 '오늘이야! 이 태중님이 무림의 역사에 이름을 남기는 날이.'

 피부가 쭈글쭈글하여 마흔인 데도 십여 년은 더 들어 보이는, 어울리지도 않는 일자머리의 소유자. 바로 이 모임의 주동자 태중이었다.

 그는 흐뭇한 미소를 지은 채 무리들을 바라보고 있었다.

그때 누군가가 옆에서 태중을 툭, 쳤다.

"여어, 그들이 정보를 얻기 전에 기습을 하려면 최대한 빠르게 움직여야 한다고. 해가 진 시점이 가장 황금 같은 때라고."

유난히 머리가 크고 다리가 짧은, 조금 느끼한 얼굴의 중년인은 태중의 절친한 친구인 왕동관이었다.

태중은 어울리지도 않는 진지한 표정을 지어 보이며 묵묵히 고개를 끄덕였다.

"자아, 친구들이여!"

태중의 말 한마디에 무리들의 시선이 집중되었다.

"오늘이다! 우리가 당한 설욕을 조금이나마 갚아줄 날이 바로 오늘이다! 가자! 이런 편하지도 않은 평화를 깨뜨리러!"

"와아아아!"

무리들은 경공을 이용하여 숲을 빠르게 벗어나기 시작했다.

낭중지추란 주머니 속의 송곳을 뜻한다. 주머니 속의 송곳은 튀어나기 마련이다. 즉, 재능이 있는 사람이라면 숨어 있어도 저절로 알려지기 마련이라는 말이다.

조금 다르게 해석하자면, 가만히 있어도 사람들에게 알려지지 않으면 자신은 낭중지추가 아니고, 재능이 있는 사람이 아니다.

이렇게도 당연한 이치를 모든 사람이 받아들이면 이 세상은 문제없이 잘 돌아갈 텐데 모두가 알다시피 세상은 문제투성이다. 그러니까 그런 당연한 이치를 모두가 받아들이지는 않는다는 말이다.

태중(泰重)은 그런 종류의 사람에 속했다.

분명히 낭중지추가 아닌데, 자신은 그렇게 굳게 믿고 있다.

제 분수를 모른다는 뜻이다.

십대 후반에 소림사의 속가제자로 받아들여진 태중은 그의 재능을 조금 인정받아 마흔의 나이가 되어서도 속가제자 이상의 교육을 받는, 선택받은 소수였다.

물론 속가제자 중에서 말이다.

속가제자이면서도 보통 제자처럼 소림사의 출입이 허용되고, 일정 한도의 무공까지 가르침받는 태중은 자신이 아주 뛰어난 인물이라 믿고 있었다. 사실상 법명을 받은 보통 제자들에 비해서는 부족한 재능을 가졌음에도 말이다.

당연히 뛰어난 기재들이 모인 소림사에서 태중은 별 주목을 받지 못했다. 속가제자 중에서는 으뜸이었던 태중이 말이다.

가만히 있어도 알려져야 할 자신이 이렇게 묻히는 건 참을 수 없는 일이었다.

그래서 태중은 그의 가장 친한 친구인 왕동관(王童卝)과 함께 자신들의 이름이 알려질 방법을 모색했다. 그것도 아주 유명해질 방법을 말이다.

이 시점에서 무림이 필요로 하는 건 영웅이었다.

태중은 영웅이 되기로 했다.

영웅이 되기 위한 조건들은 상당히 많았지만 그중에서 태중은 하나만 있으면 된다고 생각했다.

'외모, 지도력, 무위는 모두 내가 갖고 있으니까 영웅을 따르는 무리들만 있으면 되겠다.'

태중은 정말로 그렇게 믿고 있었다.

어째서인지 그의 친구 왕동관도 그렇게 믿고 있었다.

태중은 무리들을 모으기 시작했다.

'거사'를 이루기 위한 무리를 말이다.

물론 그 혼자서 많은 무리를 모으기는 힘들었다. 그는 인맥도 넓지 않았고, 자신의 말을 믿어주는 이들 또한 없었다.

아주 쉬운 '거사'라고 아무리 설득을 해도 그들은 모두 '미친놈'이라는 말도 안 되는 말을 자신에게 내뱉고는 다시는 말도 걸지 말라고 했다.

태중은 이 세상에는 자신의 말을 알아듣지도 못하는 멍청한(!) 이들이 생각보다 많다는 걸 깨달았다.

여기서 왕동관이 그를 도왔다.

왕동관은 태중과 달리 인맥이 넓었고, 교묘한 언변술을 지녔다. 술을 물이라 해도, 물이 술이라 해도 속아 넘어갈 정도로 뛰어난 설득력을 지녔단 말이다.

그의 뛰어난 설득력은 물론 상대방을 정확하게 파악하는
능력이 크게 작용했다.

속아 넘어갈 만한 사람만 찾는 능력.

왕동관은 그 능력만큼은 이 세상에서 최고였다.

그는 '거사' 에 참여할 사람들만 찾아서 설득시키고 회유
했다.

대부분은 태중처럼 과대망상에 시달리고 제 분수를 모르
는 사람들이었지만, 무림맹 임시 지부에 모인 이들 중에 꽤나
많은 사람들을 '거사' 에 참여시킬 수 있었다.

그중에서는 꽤나 이름을 날리고 있는 무림 명숙들도 몇몇
끼어 있었다.

왕동관은 무려 이 주일 동안 백여 명을 모으는 대단한 능력
을 선보였다.

그렇게 그들은 '거사' 의 날만을 기다려 왔다.

북해빙궁의 무리들이 거하는 곳을 찾는 건 어렵지 않았다.

북해빙궁은 숨지 않았다.

물론 숨지 않았다고 해서 완전히 모습을 드러내어 자신들
의 전력을 공개하는 위치에 있는 건 아니었지만, 어디에 가면
그들을 찾을 수 있는지에 대해서는 더 이상 비밀이 아니었다.

그렇다고 북해빙궁에 쳐들어갈 만한 세력은 단 한 곳도 없
었다.

제정신이 아니고서야 누가 감히 북해빙궁을 건드리겠는가.

약 오 일을 꼬박 이동했다.

주로 밤에 경공을 이용하여 빠르게 이동했고, 낮에는 이목을 사지 않기 위해 무리를 나누어 따로 천천히 이동했다.

그리하여 태중이 이끄는 무리는 북해빙궁의 소굴에 도착할 수 있었다.

북해빙궁의 대의는 천하군림!

그 대의의 달성이 눈앞에 있었다.

그렇기 때문에 그들은 신중에 신중을 기해야 했다. 그 어떤 변수에도 큰 영향을 받을 수 있기 때문에 어떤 행동을 하더라도 항상 후폭풍을 고려해야 했다.

그들이 그런 변수에 대비하기 위해서 꾸준히 해오는 일이 하나 있었다.

'실전 훈련.'

너무 긴장을 하면 몸이 얼어붙지만, 적절한 긴장은 근육을 유연하게 풀어주고 평상시보다 더욱 뛰어난 육체적인 상태를 만들어준다.

신경전이 너무 오랫동안 지속되면 긴장이 풀어지기 십상이었다. 그렇기에 그 긴장을 유지시켜 주는 게 수뇌부의 주 임무 중 하나였다.

북해빙궁의 무사들은 모두 일주일에 한두 번 실전 기분으로 훈련을 한다.

여러 가지 종류의 훈련이 있었지만, 오늘의 훈련은 적의 눈을 속이고 최대한 은밀하고 빠르게 이동하는 것이었다. 이 작전은 꽤나 유용하게 써먹을 수 있다.

겉으로 보기에는 아무런 이동이 없는 것 같지만, 실제로는 적들의 뒤통수를 칠 수도 있고, 적들의 계획을 수포로 만들 수도 있는 계략이었다.

시기에 따라서는 판국을 뒤엎을 수 있는 아주 중요한 계책이었기 때문에 항상 이 훈련을 한다.

실제로도 잘 써먹을 수 있도록.

훈련 당시에는 오로지 소수의 인물들만이 내부를 지킨다.

아주 극소수만이 말이다.

애초에 적을 속이고 후퇴를 하거나 기습을 하는 것이기에 그 장소를 시켜야 할 이유가 없기 때문이었다.

오늘도 아주 극소수의 무사들은 훈련에 참여하지 않고 있었다.

정확하게 말해서는 단 열 명만이 보초를 서고 있었다. 때문에 내부는 텅 비었다고도 할 수 있었다. 보통 훈련은 수뇌부를 제외한 무사들만이 하는데, 궁주가 죽은 이후부턴 기강을 바로 잡는다는 이유로 궁주를 맡고 있는 백리천이 수뇌부도 훈련에 참여하라고 지시했다.

물론 백리천 역시 훈련에 참여한다.

단지 오늘은 북해빙궁 임시 지부의 밖에 볼일이 있어 마침 자리를 비운 상태였다.

이게 현재 북해빙궁의 상황이었다.

"죽음을 두려워하지 말라. 우리는 무림맹의 정예이다! 최대한 피해를 주고 도망치는 게 바로 우리의 작전이다. 이각. 이각 동안만 공격하다가 빠진다. 성공적이면 제이차, 삼차의 공격도 진행할 것이다. 자아, 가자! 우리는 강하다."

"와아아아!"

백여 명의 무리는 모두 일제히 북해빙궁의 소굴을 향해 돌진했다.

단 열 명이 있는 북해빙궁으로 말이다.

캉!

펑!

병장기가 부딪치는 소리와 빙장이 터지는 소리가 장내를 휘감았다.

어느새 은은한 달이 핏빛을 머금고 있었고, 혈향이 잔잔하게 퍼지고 있었다.

태중의 무리와 북해빙궁의 무사들이 한데 어우러져 각자의 무공을 겨루고 있었다.

태중의 무리에겐 전략이 없었다. 단순히 눈앞에 닥친 적을 베는 것뿐.

그들과는 달리 수적 열세에도 불구하고 진을 형성하여 치고 빠지는 작전으로 효율적인 공방을 하는 북해빙궁의 무사들에 의해 사상자가 속출하고 있었다.

열 배나 많은 무사들을 상대하면서도 정작 죽어나가는 건 태중의 무리였다.

'뭔가 잘못됐어.'

태중과 왕동관은 대치 상황을 뒤에서 가만히 지켜보고 있었다.

태중은 북해빙궁의 무사가 단 열 명밖에 없다는 사실을 이해할 수가 없었다.

분명히 내부에서도 무사들이 쏟아져 나와야 할 텐데, 천만다행하게도(!) 안은 텅텅 비어 있는 모양이었다. 그렇다면 어디로 이동을 하거나 잠시 외출(?) 중이라는 뜻인데.

'이놈들은 도대체 왜 이렇게 센 거야!'

북해빙궁 무사들은 그야말로 신출귀몰한 신위를 보이고 있었다.

움직임도 빨랐고, 호흡도 잘 맞았다. 무엇보다도 무위에 있어서 자신들보다 훨씬 높은 듯 보였다. 자리를 비웠다고 해서 허술한 놈들을 남겨놓지는 않은 모양이었다.

펑펑펑펑!

그때였다.

밤을 환하게 밝히는 빛과 함께 폭발음이 들렸다. 물밀듯이 쏟아지는 거대한 기운이 온몸을 떨게 했다.

"……!"

태중은 그 광경을 보고도 믿을 수가 없었다.

왕동관을 돌아보니 그 역시 어처구니가 없다는 얼굴이었다.

장내가 완전히 얼어붙었다.

한겨울이라고 해도 이렇게 순간적으로 얼어붙을 수는 없었다.

모두가 죽었다.

동귀어진의 수를 쓴 건지는 몰라도 진을 이루고 있던 북해빙궁 무사들을 중심으로 그들을 둘러싸고 있던 무리들이 완전히 얼음에 뒤집혀 있었다.

모두가 검을 휘두르는 상태에서 움직이지 못하고 있었다.

"……."

태중은 할 말을 잃었다.

그때 왕동관이 옆에서 물었다.

"혹시 얼음을 녹이면 살아나지 않을까?"

왕동관의 말을 들은 태중은 멍하니 그를 돌아봤다.

"그, 그냥 해보는 말이야. 죽었겠지?"

짐짓 오해를 해 바로 꼬리를 내리는 왕동관이었지만, 태중은 그의 말에도 일리가 있다고 생각했다. 그냥 얼어붙은 상태이니 빨리 구하면 살아날지도.

태중은 천천히 그들을 향해 다가갔다.

이미 삼십여 명은 주검이 되어 있었지만, 그중 칠십여 명은 여전히 북해빙궁의 무사들과 대치 중인 상태에서 얼어 있었다.

태중은 그들 중 가장 가까운 곳에 있는 한 명에게 다가갔다.

"후우."

그리고는 손에 입김을 넣어 온기를 모은 후에 상대의 목 부근을 문질렀다.

얼음이 생각보다 두꺼웠지만 녹고 있는 게 느껴졌다.

그렇게 한참을 문지르다 보니 태중도 슬슬 인내심의 한계를 느껴야 했다.

손이 완전히 얼어붙어 더 이상 감각이 느껴지지 않았다.

이렇게 되다 보니 태중은 다른 방법을 모색해야만 했다.

조금 더 손쉽고 빠른 방법을 말이다.

'얼음을 떼내어볼까?

어느 정도 녹였으니 목 부근에 있는 얼음은 떼어낼 수 있을 것만 같았다.

태중은 얼음을 떼내기 위해 손에 힘을 주었다.

빠직!

쾅!

"······!"

태중은 그 사람의 머리가 몸에서 분리되는 광경을 처음에서부터 끝까지 지켜봐야만 했다.

태중은 한참 동안 그렇게 가만히 서 있었다.

이전에는 죽었는지 안 죽었는지 확실하지 않았지만, 이제는 확실해졌다.

태중은 뒤도 돌아보지 않고 도망갔다.

물론 왕동관 역시 마찬가지였다.

이렇게 그들의 '거사'는 수포로 돌아갔다.

무림맹에서 북해빙궁의 소굴로 돌아온 청운은 자신의 두 눈을 믿을 수 없었다.

북해빙궁의 무사들이 동귀어진의 수를 써 백여 명의 침입자를 죽였다.

문제는 그 백여 명이 무림맹의 무사들이라는 것. 무림맹의 표식은 없었지만, 곳곳에 대문파들의 표식이 있는 옷을 입은 무인들이 있었으니 마교도들은 아니었다. 그리고 마교도들은 이렇게 허술하지 않았다.

'그건 무림맹도 마찬가지일 텐데.'

신승은 아직 건재했다.

신승이 이런 지시를 내리지는 않았을 것이다.

그렇다면…….

그때 청운은 한 가지 사실을 더 깨달았다.

북해빙궁의 무사들은 겨우 열 명이었고, 적은 백여 명이었다.

비록 정예의 무사들이었지만 이 정도의 무리가 그들을 못 죽였다는건…….

'오합지졸이란 말이지.'

그러니까 절대로 신승의 뜻이 아니었고, 단순히 무식한 놈들이 담합하여 북해빙궁에게 덤볐다는 말이다. 별일이 아니란 말이다. 적어도 무림맹이 지금 바로 북해빙궁을 치고자 하는 뜻이 있다는 게 아니었다.

피해도 크지 않아 그냥 넘어갈 수도 있는 일이었지만, 실상 그 의미는 컸다.

북해빙궁의 무인들이라면 이 사실을 도발이라 받아들일 수 있다.

그렇게 되면 마교고 뭐고 안중에 없다.

그들이 어부지리를 취하든 말든, 북해빙궁은 무림맹에 전면적인 공격을 가할 것이다.

'멍청이들.'

청운은 일단 시체를 수습하기로 했다.

혼자서 해낼 수 있을지는 모르겠지만, 어쨌든 시도는 해봐야 한다.

훈련에 나가 있는 수뇌부가 돌아오기 전까지 어떻게든 해내야만 된다.

아니면 정말 주체할 수 없는 방향으로 상황이 흐를 것이다.

하지만 여기서 문제가 있었다.

'내가 이 백여 구의 시체를 어떻게 옮겨!'

그리 오래 지나지 않아 청운의 문제는 쉽게 해결되었다.

"이게 어떻게 된 일이야!"

북해빙궁의 무리들이 들이닥친 것이다.

물론 청운이 바라는 방향으로 일이 진행된 건 아니었지만 적어도 시체를 치워야 할 필요성은 없어졌다.

청운은 손으로 눈을 가렸다.

'이 일을 주동한 멍청이를 찾아 내가 꼭 지옥을 보여줄 거다!'

물론 그 주동자가 아직 살아 있다는 가정하에서 하는 말이지만.

이미 물은 엎질러졌다.

자신이 할 수 있는 건 이제 없었다.

북해빙궁의 소굴로 가는 데에는 오 일이 꼬박 걸렸지만, 다시 무림맹 임시 지부로 도망쳐 오는 데에는 삼 일밖에 걸리지 않았다.

낮에도 무조건 달려왔기 때문이라고 할 수도 있지만, 쫓기는 듯한 심정으로 달려온 그들은 그야말로 날아왔다고 할 수 있었다.

태중과 왕동관은 무림맹의 임시 지부 안으로 들어서기 전에 고민해야 했다.

‘들어가도 되나?’

자신들의 ‘거사’가 성공했으면 몰라도 지금은 그냥 북해 빙궁의 화만 돋운 셈이었다.

한참을 고민한 후 조심스럽게 지부 안으로 들어선 둘은 새로운 사실을 하나 알게 되었다.

‘아무도 몰라.’

아무도 자신들이 사라진 줄 모르고 있었다.

수천의 무리가 모여 있다 보니 백여 명 정도가 보이지 않는다고 해서 별 표가 나는 게 아니었다.

태중은 그제야 안도의 한숨을 쉬었다.

물론 말 그대로 싸늘한 시체가 되어버린 백여 명은 머릿속에서 잊혀진 지 오래였다.

그냥 안타까운 사고에 지나지 않았다.

태중은 더 이상 그 일에 신경 쓰지 않기로 했다.

머리만 아플 뿐이었으니까.

무식하면 그 피해가 자신의 선에서 끝나는 게 아니었다.

작은 실수라도 때에 따라 겉잡을 수 없을 정도로 큰 피해를 동반한다.

　안타깝게도 이번 경우가 그랬다.

　신승은 알지도 못하는 태중 덕분에 절체절명의 위기에 이르게 된다.

　그것도 머지않아…….

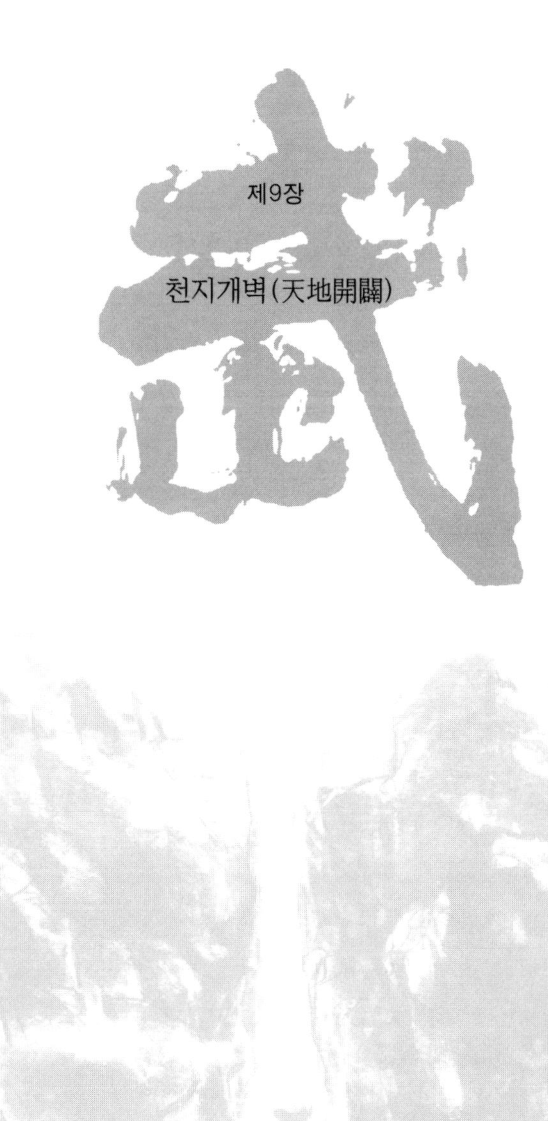

제9장

천지개벽(天地開闢)

　겨울이 지나갈 법도 했지만 아직도 추위가 한창이었고, 그 추위가 사그라질 기미가 보이지 않았다. 아직까지 눈도 한 번 안 내린 걸 보면 겨울이 가려면 한참 남은 모양이었다.

　여전히 바람은 예리하게 벼려진 검이 스쳐 지나가는 것처럼 따가웠다.

　평범한 겨울의 하루였다.

　하지만 절대로 평범하지 않았다.

　북해빙궁의 무리들이 숲을 중점으로 최대한 은밀하게 이동하고 있었다.

　목표는 하나였다.

무림맹 멸(滅)!

뇌운비는 전서구를 하나 받았다.

청운에게서였다.

근래에 들어 청운은 전서구를 보내지 않고 직접 만나는 걸 좋아했는데, 이번에는 전서를 보내었다. 자신이 직접 올 시간이 없을 정도로 급박한 내용인 모양이었다.

그리고 전서의 내용은 생각보다 간단했다.

북해빙궁이 무림맹에 대해 전면적인 공격을 하기로 했습니다. 이 일에 마교가 개입하지 않도록 잘 처리해 주시기 바랍니다.

간단하다고 해서 담긴 내용마저 간단한 건 아니었다.

이 사실을 마교 쪽에서 알면 당장에 정예들을 정비하여 기회를 봐서 적절한 시점에 어부지리를 취하려 들 것이다.

물론 뇌운비는 그게 좋은 방법이라 생각했다.

이참에 무림맹과 북해빙궁을 무림의 역사에서 지우는 것도 좋을 것이다.

생각처럼 쉽게 되지는 않겠지만, 확실히 그들보다 우위에 설 가능성은 높았다.

아니, 가만히 있어도 이득이었지만, 이 기회를 이용하면 그들에게 치명적인 타격을 입힐 수 있다.

"후후."

자신이 나타났을 때 청운이 얼마나 당황할지, 그리고 자신의 주먹이 그의 심장을 꿰뚫었을 때 그의 표정이 어떠할지 상상하니 벌써부터 온몸이 짜릿했다.

스르르.

그때 비가 들어왔다.

인기척을 내고 들어오라고 몇 번이나 교육을 시켰지만 이번에도 안 지키는 걸 보면 그 역시 꽤나 중요한 정보를 가지고 온 모양이었다.

비는 아무 말 없이 그가 갖고 있던 전서를 뇌운비에게 건넸다.

청운의 필체였다.

전반적인 내용은 자신에게 온 것과 내용이 크게 다르지 않았다.

하지만 덧붙여진 부분이 있었다.

뇌운비의 행동을 일거수일투족 감시해라. 혹시나 대규모 이동의 모습을 보이면 바로 알리도록.

뇌운비는 옅은 미소를 띠었다.

"널 완전히 믿기로 한 모양이군."

상황이 상황인만큼 비를 믿을 수밖에 없는 입장에 있는 청운이었다.

그야말로 뇌운비에게 있어서는 하늘이 내려준 행운이었다.

"우리가 그들의 뒤통수를 치러 간다는 사실은 아무도 모르겠군."

비만 입을 다물면 현재 이동 중인 청운에게 자신들이 움직인다는 정보가 새어 들어갈 일은 없었다.

그 역시 정보망이 있겠지만, 조심하면 그 정보망은 얼마든지 피할 수 있었다. 마교는 그럴 만한 능력이 충분히 있었다.

그 사실을 청운 역시 알고 있기에 비에게 감시하라는 명령을 내린 것이다.

그리고 상황이 상황인만큼 비를 믿을 수밖에 없었고.

뇌운비에게 이건 기회였다.

하지만 비는 그렇게 생각하지 않는 모양이었다.

"정말 움직일 생각이십니까?"

지금까지 자신이 말한 게 바로 그 내용이 아니었던가. 하지만 재차 묻는다는 건 이의를 제기하겠다는 뜻이었다.

뇌운비는 눈을 얇게 떴다.

"당연하지."

"안 좋은 생각입니다."

'안 좋은 생각 같습니다' 도 아니고 그냥 안 좋은 생각이다라는 건 일방적인 통보이다. 그냥 무조건 자신이 틀렸다는 의미이기도 했다.

적어도 비가 그렇게 생각하고 있다는 말이었다.

"왜지?"

'타당한 근거가 없으면 머리를 으깨 버리겠다' 라고 쓰인 얼굴로 묻는 뇌운비였다.

"우리의 적은 북해빙궁도 아니고 무림맹도 아닙니다. 바로 청운이 충성을 다하고 있는 암회입니다. 만약 이동하기로 했는 데도 제가 보고를 하지 않으면, 저는 당연히 배신자로 분류됩니다. 그럼 더 이상 저는 제 가치를 다하지 못하게 됩니다."

뇌운비는 묵묵히 고개를 끄덕였다.

그 아까운 뇌충을 쓰면서까지 어렵게 회유(?)한 비를 이렇게 쉽게 노출할 수는 없었다. 이번에도 충분히 큰 건수였지만 비의 가치를 고려해 보건대 조금 부족한 감이 없잖아 있었다.

아직도 회주가 누구인지 밝혀지지 않은 상황이었다.

"그럼 어떻게 하면 좋지?"

"가만히 있는 게 상책입니다. 하지만 교주께서는 그렇게 하지 않으시겠죠?"

퍽!

왼쪽 주먹으로 비의 머리를 쥐어박는 뇌운비였다.

"알면서 왜 묻지?"

이런 때에 가만히 앉아서 구경만 할 수는 없었다.

어떻게든 일을 해결봐야 한다. 청운의 의심을 최대한 조금 사면서.

머리를 맞은 비는 인상을 썼다.

그렇지만 오른쪽 주먹을 쓰다듬는 뇌운비를 보자 금세 꼬리를 내렸다.

"보고는 합니다. 어차피 청운도 교주께서 가만히 있지는 않을 거라는 사실을 잘 알고 있을 겁니다. 어디 교주가 말을 잘 듣는 사람이었습니까?"

뇌운비가 눈을 치켜뜨자 황급히 고개를 푹 숙이는 비였다.

"그래서 어떻게 하자고?"

"교주께서는 수뇌부가 난리를 쳐서 어쩔 수 없이 이동할 수밖에 없었다는 쪽으로 청운에게 알려줘야 합니다. 그리고 저는 그냥 교주의 의지에 따라 이동을 지시했다고 보고서에 쓰겠습니다."

"그렇게 해서는 내가 거짓말하는 게 탄로나잖아. 그럼 수뇌부가 난리를 쳤다고 머리를 쓴 게 필요없어지고."

"이미 교주가 수뇌부를 평정했다는 사실을 청운도 알고 있습니다. 그리고 아무리 수뇌부가 원해도 교주가 아니라고 하면 그들은 순종하게 되어 있다는 사실도 그는 알고 있습니다. 그리고 청운은 교주의 성격을 너무도 잘 알고 있습니다."

뇌운비의 이마에 힘줄이 솟았다.

"그건 아까 했던 말이잖아. 어차피 놈은 내가 움직이게 되어 있다는 사실을 안다면서. 내가 물은 건 왜 굳이 변명을 해야 되냔 말이지."

그때 비가 만족스러운 미소를 지었다.

"그건 제가 제 충성심을 그에게 확인시켜 줄 수 있기 때문이죠. 뇌운비가 뻔한 거짓말을 하기는 하지만 저는 정확한 보고를 함으로써 제가 아직도 암회에 필요한 존재이고, 여전히 암회의 일원인 비라는 사실이 청운의 머리에 각인될 겁니다. 특히 이런 어려운 상황일수록 사람을 믿기 쉬우니, 아마 제 생각 이상으로 큰 효과를 볼 수 있을 겁니다."

"흐음."

뇌운비는 그럴 수도 있겠다는 생각을 하며 고개를 끄덕였다.

밑져야 본전이었다.

어차피 손해를 보는 장사가 아니었다.

원하는 걸 대충 달성하면서도 비의 배신을 감출 수 있다.

더 바랄 게 없었다.

"좋은 생각이군."

비의 미소가 짙어졌다.

'나도 대단한 놈이라고!' 라는 게 얼굴에 쓰여 있었다.

퍽!

"근데 웃는 건 마음에 안 들어."

“…….”

비는 황급히 미소를 지웠다.

물론 뇌운비가 마음에 안 든다고 말해서 지운 게 아니었다.

기분이 나빠서 지운 것이었다.

“어이구, 기분 나빴어?”

“아, 아닙니다.”

비의 운명은 참으로 기구했다.

무림맹 임시 지부로 향하는 동안 청운의 표정은 계속 어두웠다.

세상의 모든 변수를 예상하는 게 가능하지는 않지만, 그래도 모든 게 자신의 잘못 같았다.

무엇보다도 이 일을 되돌릴 수 없다는 사실이 가장 치명적이었다.

북해빙궁의 무사들은 모두가 호전적이다.

거친 환경에서 살다 보니 머리를 쓰기보다는 몸을 쓰기 좋아했고, 복잡한 걸 좋아하지 않는다. 눈에는 눈, 이에는 이가 바로 그들의 좌우명이었다. 그것으로 끝이 아니었다. 그들은 다혈질이었다.

복수는 언제나 바로 한다.

이번 일은 청운의 통제권 안에 속하지 않았다.

자신이 연기하는 백리천이라는 인물도 다혈질인 인물이었

다. 그리고 북해빙궁의 장로들은 물론 거의 모든 무사들이 그 사실을 잘 알고 있었다. 그렇기 때문에 이 일을 통제하는 건 쉽지 않았다.

열 명이라는 적은 숫자가 당한 건 그들에게 문제가 아니었다.

문제는 자신들이 당했다는 것.

그리고 복수하는 게 북해빙궁의 자연스러운 이치라는 것.

이건 거스를 수 없었다.

적어도 아무런 의심 없이 궁주로 남기 위해서는 이 방법밖에 없었다.

'무림맹은 이제 만만한 존재가 아니다.'

또 하나의 문제는 바로 무림맹은 이전처럼 이빨 빠진 호랑이가 아니라는 것이다.

어디서 만년한철로 된 이빨을 되찾은 호랑이였다.

물론 이길 자신은 있다.

'최후의 수를 쓴다면.'

하지만 이렇게 빨리 패를 드러내게 될 줄은 몰랐다.

조금 더 나중에, 더 좋은 기회에 치명적인 피해를 입히기 위한 패였다.

최후로 미루어두고 싶은 좋은 패였다.

'하지만 우리의 피해를 최소화하려면.'

마교가 버티고 있는 시점에서는 무림맹을 상대하는 데에

있어 최대한 피해를 최소화해야 했다.

뇌운비가 자신의 편이라 생각하고 있어도 뇌운비는 통제할 수 없는 인물이었기에 마교에 대한 완전한 통제를 장악하지 못했다고 볼 수 있었다.

마교에 대한 완전한 통제가 없다면, 역시 최악의 상황 역시 염두에 두어야 했다.

'진짜 그 빌어먹을 녀석이 마석만 흡수하지 않았어도.'

그렇게만 되었으면 비가 뇌운비를 죽여 암회에서 마교에 대한 완전한 통제권을 갖게 되는데, 상황이 너무도 복잡하게 돌아가고 있었다.

아직까지는 그렇게 나쁘지 않았지만, 한순간에 이 상황이 너무도 불리하게 돌아갈 수 있다.

뇌운비가 암회에 대해서 알게 되면.

비가 배신을 하면.

이제는 모든 게 불확실했다.

더 나아질 기미도 보이지 않았다.

자신의 예상대로면 지금쯤 상황이 더욱 악화되었을 것이다.

휘이이.

그때 전서구 한 마리가 날아와 청운의 어깨에 내려앉았다.

뇌운비에게서 왔다.

자신의 예상대로라면…….

청운은 전서를 펼쳐 들었다.

임시 회의 결과, 만장일치로 무림맹과 북해빙궁을 치기로 하였음.

역시나 자신의 예상대로였다.

청운의 표정은 더욱 어두워졌다.

'변명할 줄은 몰랐는데.'

뇌운비는 화통한 성격이었다.

그냥 하면 하는 거지, 왜 하는지에 대해서 통보할 만한 인물이 아니란 말이다.

휘이이.

이번에는 다른 전서구가 청운을 향해 날아왔다.

암회에서 특별히 훈련시킨 전서구였다.

'비.'

비의 전서였다.

전서를 받은 청운은 천천히 읽기 시작했다. 천천히 읽을 것도 없었다.

뇌운비가 이동을 지시했음.

'제 역할을 해내고 있다는 건가?'

아직까진 비에 대해 미심쩍은 부분이 조금 남아 있었다.

별게 아니라고 생각은 하지만, 그 부분을 떨치기는 힘들었다.

그때 누군가가 옆으로 다가왔다.

"인기 많네요."

소소였다.

소소는 정식으로 소궁주의 직을 받아 청운을 보좌하고 있었다.

"그건 왜지?"

청운과 유일하게 사담을 나누는 북해빙궁의 사람이 그녀인만큼 둘은 꽤나 친근했다.

"전서를 끊임없이 받잖아요."

청운은 어깨를 으쓱였다.

"그냥 정보지."

청운과 소소는 나란히 걸었다.

능선을 따라 천천히 이동하고 있었는데 어느새 그 능선의 끝에 다다르고 있었다.

무림맹 임시 지부에 가까워지고 있다는 표시였다.

"모든 게 잘될까요?"

소소의 목소리가 조금 떨리고 있었다.

냉정한 그녀였지만, 오늘만큼은 긴장이 되는 모양이었다.

머릿속에서 수백 번을 그려온 일이겠지만, 정작 그 상황을 맞이하면 머리가 하얗게 비게 되어 있다.

소궁주라는 중책을 맡은 지 오래 지나지 않아 이런 일까지 경험하게 되니, 그런 그녀의 반응은 충분히 이해할 수 있었다.

청운은 옅은 미소를 지었다.

지옥의 악마를 연상케 하는 사악한 미소였다.

"그럼. 그렇게 될 수밖에."

'아깝지만 쓸 수밖에.'

뇌운비가 무슨 생각을 하고 있는지는 모른다.

자신을 마교 쪽으로 붙이고 나서 북해빙궁과 무림맹을 한꺼번에 쓸어버리려는 심산인지, 아니면 자신까지 함께 처리하려는 건지.

'전자인가?

후자일 이유가 없었다.

아직 뇌운비는 자신을 믿고 있었다.

자신을 믿지 않을 이유가 없는 것이다.

그럼에도도 불구하고 자신의 부탁을 완전히 무시하고 이곳으로 오는 이유는 간단하다.

무림맹과 북해빙궁을 지워 버리고 무림에 대한 통제권을 얻은 후, 대문파에게 혈옥의 돌을 얻어내어 휘인을 해방시키고 싶어 한다.

'어쨌든 일이 재밌게 되겠군.'

무림맹 임시 지부.

다다다다.

신승은 여러 가지 서류 작업을 하고 있었다.

그때 신승은 누군가가 복도에서 이곳으로 달려오고 있다는 사실을 알 수 있었다.

상대방은 자신이 알든 말든 최대한 빠르게 달려오는 걸 목적으로 하고 있었다.

스르르.

문을 함부로 열고 들어온 인물은 어린 청년이었다. 숨을 헐떡이며 핼쑥한 얼굴로 무슨 말을 막 하려는데, 아직은 숨을 더 쉬어 평안을 찾아야 할 듯 보였다.

"헉헉, 저, 헉헉, 신승님, 그, 그게……."

신승은 따스한 미소를 지어 보였다.

"심호흡을 하게. 길게 숨을 내쉬고, 깊게 들이마시고. 천천히."

신승의 지시를 따르고 나서야 청년은 말할 여유를 찾을 수 있었다.

"부, 북해빙궁이 한 시진 거리에 왔습니다! 정보를 받는 즉시 달려왔습니다!"

"병력은?"

"전부라고 합니다!"

"……."

신승은 잠시 할 말을 잃었다.

아직은 때가 아니라고 생각했지만 이상하게도 북해빙궁이 무리수를 두고 있다.

'하지만 왜?'

그럴 만한 건수가 없었다.

이쪽에서도, 저쪽에서도, 마교에서도 아무런 움직임이 없었다.

아무런 움직임이 없으면 아무런 변화가 없어야 하는데 이건 아무런 변화 정도가 아니었다.

아주 큰 변화였다.

"알았다. 나가보자꾸나."

침착한 모습에 청년은 안도의 한숨을 쉬었다.

북해빙궁 전체가 온다고 해도 신승이 침착한 모습을 보이니 조금은 안심이 되는 모양이었다.

사실 신승은 그렇게 침착한 건 아니었다.

'그렇다면 마교는?'

마교를 안중에 두지 않을 정도라면 서로 합의를 봤다거나 그 정도의 힘을 가졌다는 말이다.

신승은 고개를 절레절레 흔들었다.

그걸 걱정해야 하는 게 아니었다.

일단 발등이 타고 있었다.

신승은 전각을 나서자마자 호위 무사에게 지시를 내렸다.

"종을 쳐라. 적을 대비하도록!"

지금은 북해빙궁을 맞이해야 했다.

약 하루를 이동한 마교의 무리는 더 이상 전진하지 않았다.

무림맹 임시 지부에 가까워졌기 때문이 아니었다.

그건 뇌운비의 지시 때문이었다.

뇌운비는 이동하는 도중 전서를 받았다.

청운에게서 받은 건 아니었다.

하지만 뇌운비는 그 전서를 읽더니 이곳에서 대기하라는 명령을 받았다. 며칠이 걸릴지도 모른다는 말 역시 했다.

물론 아직 비를 완전히 믿지 못하는 뇌운비는 그 역시 데리고 갔다.

"도대체 무슨 생각을 하는 거야?"

원치 않게 숲에서 노숙을 하게 된 태상교주는 불만을 터뜨렸다.

임시 지휘권을 준 건 좋은데, 이런 지휘는 절대 필요없었다.

뇌운비는 강희의 전서를 받았다.

소림사에 배정된 돌을 회수하였음. 그 다음 화산파로 이동했음. 그렇지만 이미 선수를 빼앗겼음. 그 일로 의논할 게 있음.

혈옥에서 기다리겠음.

요약하자면 이러했다.

뇌운비는 반나절 만에 비와 함께 무림맹에 도착할 수 있었다.

"왜 여기로 왔습니까?"

"……."

비는 꾸준히 그에게 물었다.

뇌운비가 이렇게 시간을 지체하면 꽤나 많은 일을 그르치게 된다.

비는 그렇게 되는 걸 원치 않는다.

적어도 이 시점에서 더 오래 살기 위해서는 작전대로 잘 되어야 한다.

뇌운비는 그가 꾸준히 물어본 횟수만큼 꾸준히 무시했다.

그 둘은 혈옥으로 내려갔다.

"그 휘인이라는 자를 만나러 온 겁니까?"

비는 암회에 있으면서 뇌운비와 휘인의 관계에 대해 대충 알고 있었다.

하지만 많은 위험을 무릅쓰고 이렇게 찾아와야 할 정도로 긴밀한 사이인지는 몰랐다.

아니, 어떤 사이이든지 간에 지금 뇌운비가 많은 걸 희생하면서까지 왜 이곳을 찾아왔는지 이해할 수 없었다.

그들은 어느새 혈옥의 입구에 도착했다.

혈옥의 입구가 열려 있음에도 불구하고 비는 별로 놀라는 얼굴이 아니었다.

혈옥의 입구에는 또 다른 결계가 있다는 것쯤은 그도 잘 알고 있었다.

그때 그 주위에서 이질감이 느껴졌다.

"누구지?"

비가 물었다.

분명히 이 공간에는 자신들 말고 또 한 명의 인물이 있었다.

정확하게 그 위치를 집어낼 수 없다는 게 놀라울 따름이었다.

비의 음성에 살기가 묻어 있자 뇌운비가 그를 제지했다.

"강희."

뇌운비가 부르자 갑자기 벽에서 튀어나오는 그녀였다.

그야말로 비를 경악하게 하는 엄청난 은신술이었다.

아직도 입이 떡하니 벌어진 채 다물지 못하는 비를 뒤로하고 뇌운비가 강희에게 물었다.

"누가 돌을 가져갔는지 아냐?"

검은 가죽 옷이 착 달라붙어서인지, 아니면 그녀의 몸매가 너무도 이기적이어서 그런지는 몰라도 비는 그녀를 보며 침을 흘리고 있었다.

정말 다른 의미로 매혹적인 인물이었다.

강희는 대답하기에 앞서 자신을 말 그대로 '음흉하게' 보며 침을 흘리는 비를 가리켰다.

'누구냐' 는 무언의 행동이었다.

뇌운비는 비를 보며 한숨을 쉬었다.

퍽!

"정신 차려. 흐음, 이놈은……."

뇌운비는 잠시 고민했다.

암회의 존재를 그녀가 알아야 하는지에 대해서는 아직 잘 몰랐다.

휘인의 일행은 하나같이 수상했다.

일행이라고 할 만큼 서로 끈끈한 우정을 지닌 것도 아니었고, 같이 다닌 시간이 긴 것도 아니었다. 그렇기 때문에 정말로 신뢰할 수 있는지, 없는지는 뇌운비가 판단하기 힘들었다.

하지만 적어도 한 가지는 확실했다.

그녀는 청운처럼 암회의 인물은 아니었다.

적어도 비의 표정을 보면 알 수 있었다. 저런 눈은 처음 본 사람에게 넋이 나갔을 때만 지어 보일 수 있다.

"암회라는 조직을 알고 있나?"

"……?"

암회라는 존재는 여전히 표면 아래에 숨어 있는 암중 세력이었다.

강희가 알 리가 없었다.

뇌운비는 자신이 암회에 대해 알고 있는 모든 사실을 그녀에게 알려주었다. 하나도 빠짐없이. 그리고 그녀의 뇌충이 어떻게 사용되고 있는지.

"그러니까 저 노인네가 비라는 사람인가?"

뇌운비는 이전에 강희에게 도움을 청하며 비를 언급할 때 처리하기 곤란하다는 사람이라는 것만 말해주었지, 강희가 그를 직접 보게 된 건 처음이었다.

"……."

비는 강희의 건방진 태도에 어떻게 반응해야 할지 몰랐다.

무엇보다도…….

"네가 뇌충을 교주님께 드렸다고?"

강희는 간단히 고개를 끄덕였다.

비는 이성의 끈을 놓을 뻔했다.

자신이 이런 처지에 놓이게 된 건 모두 저 여인 때문이었다.

너무도 매혹적인…….

'……이 아니라! 죽여 버릴까?

음흉한 빛이 스쳤다가 살심이 떠오르는 비의 눈이었다.

물론 강희가 채 언급하기도 전에 뇌운비가 먼저 수습했다.

퍽!

다시 이성의 끈이 튼튼하게 재봉합된 비는 순종적인 얼굴을 되찾았다.

강희는 피식 웃으면서 뇌운비에게 물었다.

"암회라고? 또 새로운 세력의 등장이네? 역시 이 무림은 재밌어. 그렇지 않아?"

새로운 장난감에 즐거워하는 어린아이를 연상케 하는 강희의 모습을 보며 뇌운비는 어떻게 반응해야 할지 잠시 고민했다.

'재밌기는. 젠장, 휘인도 없는데.'

머리 아픈 일은 모두 휘인이 도맡아서 했는데, 입장이 바뀌다 보니 여간 곤란한 게 아니었다.

"어쨌든 화산파의 돌이 어디 있는지 아냐?"

옆길로 새기는 했지만 뇌운비는 지금 시간에 쫓기는 입장이었다.

강희의 표정이 조금 곤혹스러워 보였다.

"누가 가져갔는지는 알아내지 못했어. 하지만 하나는 확실해. 비공식적이고 은밀한 경로를 통해서 이 무림맹까지 왔어. 그런 돌의 취급은 상당히 조심히 해야 하기 때문에 특별한 조치가 필요하거든. 그렇기 때문에 그 경로를 추적하는 건 어렵지 않았어. 혹시 네가 알고 있나 싶어서 만나자고 한 건데?"

비는 여기서 새로운 의문이 생겼다.

'화산파의 돌?'

그런 돌이 있을 리가 없었다.

하지만 머리를 몇 번 굴리니 대충 이들이 무슨 꿍꿍이를 가지고 있는지 대충 깨달을 수 있었다.

"혈옥의 결계를 푸는 돌을 말하는 건가?"

비는 그 돌들에 대해 잘 알고 있었다. 그리고 지금 강희가 언급하고 있는 화산파의 돌에 대해서도, 그 위치에 대해서도, 그리고 지금의 상태에 대해서도 아주 잘 알고 있었다.

강희는 다시 간단하게 고개를 끄덕였다.

비는 그제야 모든 윤곽이 완벽하게 잡혔다.

"그러니까 휘인이라는 자를 풀어주기 위해서 그 돌들을 모으고 있는 거지?"

다시 강희가 고개를 끄덕였다.

'그럼 그렇지' 라고 중얼거리며 이마를 탁! 치는 비였다.

자신의 추리가 맞았다는 데에서 나오는 쾌감을 표하는 그만의 방법이었다.

그러다 문득 자신이 무엇인가를 잊고 있다는 사실을 깨달았다.

'내가 알기로 그 돌은……'

비는 얼어붙었다.

완전히 얼어붙었다.

자기 혼자서 온갖 표정을 지어 보이며 난리법석을 떠는 비의 모습에 뇌운비는 한심하다는 듯이 고개를 절레절레 흔들었고, 강희는 재밌다는 듯이 작게 웃고 있었다.

비는 지금 자신이 알고 있는 사실을 뇌운비에게 알려주면 그 후에 올 후폭풍에 대해서 조금이나마 짐작할 수 있었다.

그렇게 어렵지 않았다.

'폭풍이 들이닥치겠지.'

비는 입에 자물쇠를 잠그기로 했다.

이런 건 모르는 게 약이다.

그렇게도 간절히 원하는 게 불가능하다는 사실을 알아버린 사람만큼 위험한 자는 없었다.

뇌운비는 그 존재 자체가 위험하다.

그를 더 위험하게 만들 생각은 전혀 없었다.

하지만 안타깝게도 비의 다짐은 이뤄질 수 없었다.

뇌운비의 눈치는 이 세상에서 가장 빠르다.

비가 무엇인가를 알고 있다는 사실쯤은 강희도 알고 있었다.

혼자서 그 난리법석을 떠는데 왜 모르겠는가.

"불어."

"무, 뭐를요?"

비는 당황해서 말까지 더듬었다.

뇌운비는 오른쪽 주먹을 들어 보였다. 강희가 보기에는 낡은 천에 감겨 있는 평범한 주먹이었다.

하지만 비에게는 그렇지 않은 모양이었다.

“이미화산파의돌은청운이빼돌려서이곳으로가져와파괴했
습니다왜여기에서부쉈는지는모르지만어쩌면휘인일행을열
받게하려는의도였을지도모릅니다제가아는건정말로여기까
지입니다.”

조금도 쉬지 않고 빠르게 쏘아대는 비의 말을 강희는 조금
도 알아듣지 못했다. 하지만 뇌운비는 알아들었다. 천지가 개
벽하는 장면을 목격한 사람만큼이나 경악한 모습을 보면 알
수 있었다.

뇌운비는 심호흡을 한 번 했다.

그리고는 천천히 입을 열었다.

“파괴했다는 말은 평생 사용할 수 없다는 말이지?”

비는 덜덜 떨며 고개를 끄덕였다.

“혹시 그 돌을 대체할 수 있는 물체나 다른 돌이 또 있어?”

비는 덜덜 떨며 고개를 가로저었다.

뇌운비는 눈을 지그시 감았다.

이 질문을 해야 할지 말아야 할지 고민이 된다.

하지만 모르는 게 약이다라는 말은 뇌운비에게 통용되지
않는다.

“그럼.”

꿀꺽.

강희도 긴장이 되는 순간이었다.

“휘인은 이 혈옥에 영원히 갇혔다는 말이냐?”

“……..”

비는 드디어 올 게 왔다는 참담한 심정으로 눈을 감았다.

이 대답을 어떻게 하느냐에 따라 자신의 목숨의 형태가 정해진다. 목숨의 형태란, 살아 있기는 해도 불구로 살아갈 수도 있고 아니면 의식만 있는 상태로 살아갈 수도 있다는 말이다.

뇌운비라면 그런 게 가능했다.

“네.”

거짓말을 하면 목숨의 형태를 고르는 게 아니라 그냥 사라지게 된다.

적어도 살기 위해서는 진실을 말해줘야 한다.

고통스러운 진실이라 해도.

비는 머리를 필사적으로 막았다.

머리만은 어떻게 피하면 살 수 있다.

“……..”

그렇게 한참을 기다리던 비는 아직도 아무런 일도 일어나지 않았다는 사실을 깨달았다.

혹시나 척추 신경이 망가져 고통을 못 느끼는 것일 수도 있어 비는 조심스럽게 눈을 떴다.

자신의 시신경이 고장난 게 아니라면 다행스럽게도 뇌운비는 혈옥의 문 앞에 서 있었다. 정확하게는 무형의 결계 앞에 서 있었다.

비는 안도의 한숨을 쉬었다.

그러다 문득 아주 좋은 생각이 떠올랐다.

'무형의 결계는 들어가는 사람을 막지 않지만 나오는 사람은 막는다.'

비의 눈빛이 음흉하게 빛났다.

'여기에서 뇌운비를 밀면 나는 해방이다!'

확실히 비의 계획대로라면 뇌운비를 혈옥에 가둬놓을 수 있었다.

그것도 영원히.

비는 천천히 뇌운비를 향해 다가갔다.

뇌운비를 밀 수 있을 정도로 가까운 거리에 도달했을 즈음이었다.

"뇌충을 잊지 마."

여전히 혈옥의 안을 뜯어보고 있는 뇌운비는 그야말로 비가 절대로 잊을 수 없는 말을 해버렸다. 비는 황급히 뒤로 십여 발자국을 물러섰다.

그리고는 이 세상에서 가장 순하고 충성심이 있는 사람의 얼굴을 하고는 고개를 숙이고 있었다.

"……."

강희는 어이가 없어 웃음도 나오지 않았다.

강희는 뇌운비에게 물었다.

"이제는 어떻게 하지? 이제 휘인을 꺼낼 수 없다는 말이야?"

휘인이 없으면 이제 어떻게 살아갈지 강희는 생각할 수 없었다.

그만큼 휘인이 좋은 건 아니었다.

그냥 자신이 이런 위치에 서 있는 건 모두 휘인 때문이었다.

그가 자신을 끌어들였다.

그런데 그가 없으면 그 목적과 이유가 없어지는 것이다.

"……."

뇌운비는 대답하지 않았다.

그는 다른 생각을 하기 바빴다.

지금 갑자기 든 생각이었다.

"휘인은 어디 있지?"

뇌운비가 물었다.

그냥 궁금해서 묻는 말이었다. 정확하게 대답을 원하는 말은 아니었다.

"……?"

강희는 멍하니 뇌운비를 봤다.

비는 뇌운비가 미친 게 아닌가 싶었다.

"외람된 말씀이지만, 혹시 혈옥 안에 있는 건 아닐까요? 지난번에 듣기로는 분명히 혈옥 안에 있다고 들었는데……."

퍽!

때리는 것에 재미가 들린 뇌운비가 아니었다. 매를 사는 건 언제나 비였다.

"알아, 이놈아. 근데 안 보이잖아? 저번에 왔을 때는 여기서 쉽게 찾았는데."

"……."

강희와 비는 멍한 눈으로 서로의 시선을 교환했다.

이상하게도 둘은 마음이 잘 맞았다.

"혈옥은 넓잖아? 입구에서 모든 게 보일 리는 없잖아."

"맞습니다. 저번에 여기에 있었다고 오늘도 여기에 있으려는 법은 없잖습니까."

퍽!

"윽."

이번에는 오른쪽 주먹으로 때린 뇌운비였다.

게다 힘도 어느 정도 실려 있었다. 비는 바닥을 구르고 콧물까지 흘리며 괴로워하고 있었다. 정신이 하나도 없어 보였다.

"……."

엄살을 부리는 건지, 정말 아픈 건지, 아까와 별 다른 걸 느끼지 못하겠는데 비가 정말로 색다른 반응을 보이자 강희는 그 광경을 어떻게 받아들여야 할지 몰랐다.

"알아, 안다고. 그런데 이상해. 이상한 느낌이 드는군. 여기에 없는 건 아닐까?"

"……."

강희는 이번엔 뇌운비를 이상한 눈으로 봤다.

나갈 수 있는 방법이 없는 지금, 저런 말을 하는 저의를 알 수 없었다.

그쯤은 뇌운비도 알고 있었다.

뇌운비는 현실을 직시하고는 고개를 절레절레 흔들었다.

"휘인!"

뇌운비는 크게 소리쳤다.

혹시나 근처에 있다면 청운이 배신했다는 사실, 암회의 존재 등을 이야기해 줄 심산이었다. 물론 이 혈옥을 빠져나올 수 없다는 이야기는 빼고.

"……."

혈옥 안은 고요했다.

"휘인!"

이번에 더 크게 소리쳤다. 강희가 시끄러워 귀를 막을 정도로.

"어쩌면 혈옥에서 빠져나올 수 있는 다른 출구가 있는 건 아닌지 탐방하고 있는 게 아닐까? 혈옥의 깊숙한 곳을 가느라 네 목소리를 못 듣는 거고."

"맞습니다. 여기는 다음에 올 수도 있으니까 이제 빨리 가야 합니다. 우리가 늦어지면 북해빙궁이, 청운이 의심할지도 모릅니다. 그럼 일은 걷잡을 수 없을 정도로 커지게 됩니다."

뇌운비는 묵묵히 고개를 끄덕였다.

그렇겠지.
설마 나왔을 리는 없겠지.
뇌운비는 힘없이 물러섰다.
"가자."

제10장

용봉쟁투(龍鳳爭鬪)

해가 떠오르기 시작했으나 날씨는 풀릴 기미가 보이지 않았다. 아니, 오히려 날씨는 악화되고 있었다. 추위를 더해주는 진눈깨비가 내리기 시작했다. 게다 살을 에는 강풍까지 죽을 맞춰주고 있었다.

그야말로 최악의 날씨였다.

물론 북해빙궁 무사들의 입장에서는 최상의 날씨였다. 이런 날씨는 우습지도 않다.

북해는 항상 이런 날씨였기에.

아니, 이 정도면 오히려 훈훈하다고 할 수 있었다. 근래에 너무 덥게 사는 게 아닌가 싶었는데 드디어 조금 살 것 같다고 할 수 있었다.

무림맹 임시 지부가 보이는 높은 언덕 위에는 청운과 소소
가 서 있었다.

언덕에 가려 보이지는 않지만 그 뒤편에는 북해빙궁의 육
천 무사가 똬리를 틀고 있었다.

"신의 계시군요."

흩날리는 진눈깨비를 보며 소소가 말한다.

청운은 묵묵히 고개를 끄덕였다.

청운의 눈은 여전히 무림맹의 임시 지부에 닿아 있었다.

장원 밖에는 형형색색의 무사들이 포진해 있었다. 그 수가
족히 일만에 가까웠다. 대문파들은 물론 중소 문파의 정예들
이 모두 한자리에 모였다.

무림을 이루는 핵심 세력은 모두 한자리에 모였다고 할 수
있었다.

"긴장되시나요?"

소소가 청운에게 조심스럽게 물었다.

청운은 피식 웃으며 고개를 절레절레 흔들었다.

"이제 시작인데 긴장은 무슨. 소소는 가서 무사들을 정비
해 줘."

이미 모든 준비가 되어 있을 테지만, 그래도 소소는 묵묵히
청운의 지시를 따랐다.

소소가 시야에서 사라지자 청운은 자신의 검을 뽑아 들었
다.

그리고 검강을 시현했다.

그 검강은 정확하게 무림맹의 무사들이 포진해 있는 쪽으
로 날아갔지만 거리가 너무 멀어 아무런 해도 가하지 못했다.
아니, 그 근처에도 가지 못했다.

하지만 무림맹 무사들의 사이에는 큰 변화가 있었다.

도발에 대한 분노가 아니었다.

갑자기 옆에 있던 동료가 자신의 심장을 꿰뚫고 있었다. 한
사람이 아니었다. 그 자리에 있는 일 할의 인원은 그렇게 즉
시 죽음을 맞이했다.

이 상황에서 동료들이 자신에게 검을 휘두를 줄은 꿈에도
몰랐기에 그렇게 순식간에 주검이 늘어날 수밖에 없었다.

“……!”

신승은 이 사실을 어떻게 받아들여야 할지 몰랐다.

‘배신자? 아니면 애초에 잠입되어 있는 적?’

둘 중 하나이겠지만, 장내는 순식간에 아수라장이 되어버
렸다.

지금은 모두가 무림맹 소속 무사이다. 소속 문파는 모두가
달랐지만 무림맹이라는 이름하의 동료라는 말이다. 잘 모르
는 사람이지만 같은 편이다. 하지만 지금의 상황처럼 잘 모르
는 동료가 검을 휘두르기 시작하면 누가 배신자이고, 누가 정

말 자신의 편인지 모르게 된다. 누구를 향해서 검을 휘둘러야 하는지 모른다는 말이다.

하지만 검이 오고 간다.

여기서 선택권은 많지 않았다.

살기 위해서는 자신을 향해 검을 휘두르는 모든 사람을 죽인다. 그렇게만 방어하면 된다.

하지만 그것도 생각만큼 쉽지 않다.

수천의 무리 중에 일 할이다. 일 할이라고 하지만 그 수는 적지 않았다. 게다 그 일 할에 많은 실력자가 포함되어 있었다. 유명한 무림 명숙들도 끼어 있었고, 심지어는 화산파의 장문인, 소림사의 장로들 등 차마 믿기 힘든 이들까지 사방에 검강을 뿌리고 있었다.

점점 피해가 커져 가는 입장이었다.

그런 상황이 길어지면 길어질수록 적과 동료를 구분하기 힘들어진다.

그렇게 되면 동료가 동료끼리 검을 휘두르게 되고, 겉잡을 수 없을 정도로 큰 피해를 입게 된다.

적들은 서로를 알고 있지만 동료들은 서로를 모르고 있었다.

이건 아주 큰 차이였다.

그 결과, 처음에 검을 뽑아 동료의 심장에 검을 쑤셔 넣은 이들은 겨우 일 할이었다. 단순하게 수적인 계산만 하자면,

총 이 할의 피해만 있으면 그걸로 내부의 배신자는 모두 처단할 수 있었다.

하지만 애초에 그 일 할은 처음부터 옆의 동료를 죽이면서부터 시작했다.

그러니까 세력의 일 할을 먼저 잃고도 누가 정확하게 적인지 모르는 상황에서 검을 휘둘러야 한다.

그야말로 지옥이었다.

아무도 믿을 수 없고, 모두를 적으로 의심해야 하는 상황.

신승은 바로 자리에서 박차고 일어났다.

무차별로 검을 휘두르는 자를 골라 죽이면 된다. 그중에서도 신승은 무림 명숙들에게 먼저 손을 썼다. 유명한 실력자들인만큼 그들이 끼칠 수 있는 피해는 컸다.

빠직!

신승은 소림권을 배웠다. 거기에다 오랜 세월 터득한 깨달음을 덧붙였다.

황금빛 권강이 사방으로 퍼져 나갔다. 빠르지도, 느리지도 않았지만 그 권강은 정확하게 적들의 머리를 으깨어놓았다.

오랫동안 닫아놨던 살계를 열었다는 사실에는 개의치 않았다.

오로지 피해를 최소화하기 위해서 적들을 색출해 내기 시작했다.

“젠장!”

무여휘는 연신 검을 휘둘렀다. 무여휘 역시 무차별적으로 검을 휘두르는 자를 중점으로 베어 나가기 시작했다. 정신이 없는 상황이었지만 그는 그 정도는 구분할 여유가 있었다.

무여휘는 다른 후기지수가 갖지 못한 경험과 재능을 가진 인물이었다.

독고령도 바빴다. 생각보다 많은 적들이 무림맹 내부에 잠입해 있었다.

더욱 놀라운 건 무림 명숙들은 물론 무림에서 유명한 이들이 적에 끼어 있었다. 도저히 내통자라고는 생각되지 않을 사람들이 말이다.

독고령과 무여휘는 점차 상황이 힘들어지고 있음을 느꼈다. 확실히 적들의 숫자가 확연하게 줄어들고는 있었다. 신승의 힘이 컸지만, 구 할을 상대해야 하는 일 할의 적들의 최후는 지극히 당연했다.

하지만 독고령과 무여휘가 선전하자 점차 감당할 수 없는 적들이 달려들기 시작했다. 주위의 적이 아닌 명숙들이 돕지 않았으면 이미 독고령과 무여휘는 주검이 되어 있었을 것이다.

독고령과 무여휘보다 더욱 위태로운 상황에 있는 인물이 있었다.

캉!

화린은 상대의 검을 힘겹게 막았다. 절대로 상대가 뛰어나서가 아니었다.

화린은 이런 일을 감당할 수 없었다.

동료인 줄 알았던 인물을 향해 검을 휘두른다? 평상시였다면 몰라도, 그녀는 최근에 많은 충격을 경험해야만 했다. 화린은 눈물을 터뜨리는 것도 간신히 참고 있었다.

그때 갑자기 또 한 명이 그녀에게 달려든다.

잘 아는 사이는 아니었지만 인사는 하고 다니던 같은 또래의 여자였다.

화린은 이윽고 눈물을 흘렸다.

시야가 흐려졌지만 그녀는 개의치 않았다.

"악!"

팔이 화끈거린다.

잘려 나가지는 않았지만 출혈이 심했다.

화린은 웃었다.

울면서도 웃었다.

자신의 상황이 너무도 한심해서 웃었다.

너무도 한심해서 자신의 목을 향해 찔러 들어오는 검을 가만히 바라보기만 했다.

고통스럽기만 한 인생이 이렇게 끝나도 상관없었다.

아니, 이렇게 끝났으면 좋겠다.

막상 이제 끝이라고 생각하니 많은 일들이 뇌리를 스쳐 지나간다.

할아버지, 엄마, 아빠 등 많은 사람들이 스쳐 지나가던 중에 그 잡념이 멈춰지는 때가 있었다.

바로 휘인이 떠올랐을 때였다.

그의 얼굴에서 멈췄다.

휘인만 떠오른다.

"흑흑."

울음이 터져 나온다. 하지만 슬퍼할 틈은 길지 않았다.

어느새 검이 코앞까지 다가와 있었다.

화린은 눈을 지그시 감았다.

정말로 끝이다.

'안녕……'

캉!

화린은 피식 웃으며 눈을 떴다. 죽는다고 생각했는데 그것도 아닌 모양이었다.

운명은 자신을 더 괴롭혀야만 하나 보다.

"여기서 죽으면 섭섭하지. 너 같은 미인은 오래오래 살아야 해. 저기, 가슴 빈약한 애는 죽어도 되고."

"뭐? 죽고 싶냐?"

"오라버니한테 죽고 싶냐가 할 말이야?"

그녀를 구해준 건 무여휘였다.

그는 온몸에 검상이 가득하면서도 싱글벙글 웃으며 독고
령과 티격태격대고 있었다. 억지로 웃는 게 눈에 보이는데,
아파하고 있는 게 역력히 드러나는 데도 그는 자신을 위해서
웃고 있었다.

"어어? 다쳤어?"

독고령은 화린의 팔을 보더니 달려와서는 지혈을 하기 시
작했다.

금창약도 정성스럽게 발라준다.

"자아, 됐다. 헤헤헤."

해맑게 웃는 독고령을 보며 화린은 무슨 말을 해야 할지 몰
랐다.

고맙다는 말을 해야 하기는 했는데 입을 열 수가 없었다.
당장이라도 울음이 터질 것만 같았다.

"끝났어, 끝났어. 무서워서 울었구나. 생각보다 겁이 많은
데?"

당연히 무여휘는 그녀가 그것 때문에 우는 게 아니라는 사
실을 알고 있었다.

단지 그녀가 웃었으면 하는 마음에서 농담을 하는 것이었
다.

화린은 무여휘의 바람대로 피식 웃으며 자리에서 털고 일
어났다.

아직도 다리가 후들후들 떨렸지만 이 정도면 괜찮았다.

화린은 주위를 둘러봤다.

주검이 너무도 많았다. 그 많던 무사들이 반절은 줄어버린 것 같았다. 북해빙궁은 아직도 저 언덕 너머에서 자신들을 기다리고 있는데 벌써 체력이 바닥이었다.

안 그래도 어려운 상황이 더욱 어려워졌다.

화린은 다시 울고 싶어졌다.

소소는 눈앞의 광경을 믿을 수 없었다.

자신이 잠시 내려온 사이에 무림맹 무사들이 서로를 향해 검을 겨누며 서로를 죽이기 시작했다. 그렇게 긴 싸움은 아니었지만, 그 많던 무사들이 순식간에 절반으로 줄어들었다.

원래는 자신들이 수적 열세에 있었지만 이제는 상황이 뒤바뀌었다.

그것도 순식간에.

"이게 어떻게 된 거죠?"

지금까지 많은 싸움을 경험했지만 적들이 서로 치고받는 건 처음 봤다.

청운은 어깨를 으쓱였다.

"전혀 모르겠군."

소소는 여전히 의심에 가득 찬 눈으로 그를 바라봤다.

뭔가 아는 것 같기도 했다.

이내 소소는 잡념을 지웠다.

이유는 몰라도 상황은 좋게 진행되고 있었다.

"이제 명령을 내릴까요?"

지금이 딱 좋은 시점이다.

아직 재정비를 못한 상황. 정신없이 들이닥치는 재앙에 저들은 정신도 못 차리고 저세상으로 갈 것이다.

청운은 묵묵히 고개를 끄덕였다.

휘이잉.

진눈깨비가 더욱 거세게 흩날리기 시작했다. 언덕을 향해 대치하고 있는 무림맹의 무사들은 차갑고도 강한 바람에 눈을 제대로 뜨기 힘들었다.

손이 차갑게 식고 있었다.

날씨가 더욱 나아질 기미가 보이지 않았다.

날씨뿐만이 아니었다.

"와아아아!"

쿵쿵쿵쿵!

고막을 흔드는 함성과 함께 지축이 흔들린다.

그들이다.

북해빙궁…….

무림맹 무사들의 눈에서 희망의 빛이 희미해지기 시작했다.

"전속력으로 전진한다!"

주위의 이목에 신경을 쓰다 보니 지금까지 이동이 조금 느렸다. 마교의 천마혈검대뿐만 아니라 사파무림의 무황벌, 혈궁 등 다른 세력들이 같이 이동했기에 더욱 느릴 수밖에 없었다.

협동심은 하루아침에 생기는 게 아니었기 때문이다.

하지만 주위의 이목에 신경 쓰지 않고 전속력으로 가는 데에는 협동심이 필요없었다.

그냥 달릴 뿐이었다.

이미 뇌운비는 북해빙궁이 무림맹과 대치 중이라는 정보를 받았다.

더 이상 시간을 지체할 수는 없었다.

'어쩌면 독고령이 이미 죽었을 수도.'

뇌운비의 적은 무림맹이 아니었다.

청운이었다.

언덕을 통해 내려오는 북해빙궁의 무사들은 그야말로 개미 떼보다도 더 많았다. 그 끝이 보이지 않는 긴 대열에 무림맹 무사들은 숨을 죽였다.

손가락 하나 까딱일 수 없을 정도로 지친 이들이 대다수였다.

무엇보다도 심적인 피로는 상상할 수 없을 정도로 컸다.

보통 피로는 시간이 흐를수록 가시기 마련인데, 오늘은 어째서인지 오히려 늘어만 가고 있었다.

"자아, 오랜만에 몸을 좀 풀어볼까?"

거인이라고 해도 부족하지 않을 만큼 거대한 덩치를 지닌 사내가 아마 이 세상에서 가장 크다고 확신할 수 있는 쌍부를 이리저리 장난감처럼 휘두르기 시작했다.

"누가 더 많이 죽이나 내기할까?"

조금은 지저분한 적포의를 입고 있는 사내가 물었다.

"나까지 포함시켜."

그 옆에는 날씨 때문인지는 몰라도 싸늘한 한기를 풍기는 여인이 있었다.

'화린!'

그 옆에는 조금 불쌍해 보이는 사내가 있었다. 원래는 그렇게 불쌍해 보이지 않았지만, 어디에선가 심하게 고생을 했는지 얼굴이 많이 변했다.

그는 저 멀리에 있는 화린을 용케 찾아내었다.

그때 거인이 그 사내를 쳤다.

"이럴 때는 '나도 끼워줘' 라고 하는 거다."

화린에게서 눈을 뗀 그 사내는 실을 꺼내 들며 피식 웃었다.

“좋아.”

쿵쿵!

그때 지축이 흔들렸다. 지진이 난 게 아니라 사람의 발에 의한 것이었다. 그것도 한 개인에 의해서.

조금은 누르스름한 흰 산발에 덩치가 거인보다도 더 큰 대거인이 발을 한 번 굴리면 언덕이 뒤흔들렸다. 터질 듯한 근육은 그야말로 살벌했다.

그때 소거인이 말했다.

“너도 끼워달라고?”

“크르크르!”

대충 맞다는 얘기인 듯싶었다.

물론 그의 말을 알아들은 사람은 소거인밖에 없었다.

“그래, 너도 포함시켜 줄게.”

소거인은 대거인의 등을 두드려 주었다.

“크르?”

대거인은 살기에 가득 찬 눈으로 소거인을 노려봤다.

“익, 미안하다고. 안 건드려!”

소거인이 사과를 하자 그제야 대거인은 살기를 거둬들였다.

“흐음, 그럼 나는 누가 이기고 있나 숫자를 세주도록 하지.”

개방의 거지보다도 더욱 추레해 보이는 노인이 말했다.

“좋아, 그럼 이제 놀이가 시작하는 건가?”

소거인은 정말로 신이 나 보였다.

“휘인? 너는 안 해?”

소거인은 뒤를 돌아보았다. 눈썹이 짙고 항상 무표정을 유지하는 인물, 휘인이 옅은 미소를 띠었다.

“놀이를 재밌게 하기 위해서 나는 빠져 주겠다.”

소거인, 그러니까 임홍은 가당치도 않다는 듯 말했다.

“그러니까 네가 끼면 재미가 없을 거다, 이거냐? 당연히 네가 이기니까?”

휘인은 아무 말도 하지 않았다.

보통 무언은 긍정의 뜻으로 해석된다.

“야아, 혈괴! 주군이 우리는 상대도 안 된다는데? 어떻게 생각해?”

쿵쿵!

대거인, 혈괴는 두 주먹을 마주 치며 씩 웃었다. 어디 한번 해보자는 얼굴이다.

“이거 봐. 혈괴도 자신있다잖아.”

휘인이 목을 푼다.

으드득.

“지고 나서 날 원망하지 않도록. 너희가 죽인 걸 다 합쳐도 나만큼 죽일 수 있을지 모르겠군.”

불난 집에 술을 독째로 퍼부으면 어떻게 되는지 알고 있는가.

"뭐야?"

"허어, 자신있다, 이거냐?"

"내뱉은 말은 지킬 수 있겠지?"

"해보자!"

"크르크르!!"

이렇게 휘인의 일행이 바깥으로 나왔다. 일행들이 바깥으로 나온 후 이곳으로 달려온 이유는 단 하나였다.

"두당 일 점. 아무리 센 놈이라도 무조건 일 점이다. 알겠어? 그리고 청운을 죽이면 백 점. 이의있나?"

이 놀이를 감독할 혈마가 직접 규칙을 만들고 있었다.

물론 아무도 이의를 제기하지 않았다.

다만,

"그런데 청운의 머리가 백 점으로 충분해? 한 오백 점은 줘야 하는 거 아냐?"

임홍의 농담에 일행들이 웃었다.

그들이 이곳으로 온 건 무림맹이 위험에 처해 있다는 사실을 알고 있었기 때문이 아니다. 오로지 청운이 이곳에 있다는 사실을 들었기 때문이다.

청운에 대한 복수!

혈옥이라 해도 이들의 복수심을 막아줄 수 없었다.

"지금이다."

휘인의 말이 끝나기도 전에 임홍이 숲 바깥쪽을 향해 달려나갔다.

실로 먹이를 눈앞에 둔 짐승을 연상케 하는 빠르고 힘 있는 움직임이었다.

물론 다른 이들도 곧바로 그들을 따라 나갔다.

그렇게 시작되었다.

무림 역사에 잊혀지지 않을 전설이!

제11장

경천동지(驚天動地) 2

꽤나 높은 언덕 위에서 북해빙궁의 무사들이 물밀듯이 다가오는 모습은 사람의 간담이 떨어지게 하는 광경이었다.

하지만 그런 간담이 떨어지는 상황에서도 사람을 경악하게 만들 만한 일이 있었다.

북해빙궁의 무사들이 내려오고 있는 가운데, 그 언덕의 중심에서 튀어 나오는 일행이 있었다. 그 옆의 숲을 헤매고 있었는지는 몰라도 갑자기 그 언덕의 중간에서 단 일곱 명이 나왔다.

북해빙궁의 첫 희생자들이 될 그들을 보며 무림맹 무사들은 착잡한 심정을 숨기지 못했다. 단 한 번도 본 적이 없고,

그렇다고 지금 봤다고도 할 수 없을 만큼 너무 멀어 개미처럼 작게 보이는 사람들이지만, 왠지 동정심이 간다.

이제 금방이었다.

그 칠 인이 무참히 짓밟히는 데는.

그 칠 인과 북해빙궁 선발대와의 거리는 아마 백여 장은 되는 듯싶었다.

그때까지였다.

그들의 삶은, 그들이 공기를 쉴 수 있는 시간은.

북해빙궁의 무사들이 백여 장을 좁히는 데 걸리는 시간이 그들의 남은 여생이었다.

그 순간이었다.

"……!"

오천여 명의 무림맹 무사들은 소속도 다르고, 생각도, 외양도 모두 달랐지만 경악한 모습은 크게 다르지 않았다.

그들은 자신들의 눈을 믿을 수가 없었다.

직접 눈으로 목격했음에도 불구하고 도저히 받아들일 수 없었다.

신이 강림하셨다!

"후우, 떨리냐?"

임홍은 혈괴를 붙잡으며 물었다. 정작 떨고 있는 건 임홍이라는 사실을 그 자신만이 모르고 있었다. 그래서인지 자신을 만지고 있어도 혈괴는 그를 너그럽게(?) 봐주었다.

아직까지 자신들의 공격권에 미치지 못했기에 휘인 일행은 그들이 달려오는 걸 가만히 지켜볼 수밖에 없었다. 수천 명이 달려오는 모습은 그야말로 오금을 저리게 했다.

임홍을 충분히 이해할 수 있었다.

그때 휘인이 앞으로 나섰다.

아직도 꽤 먼 거리임에도 불구하고.

임홍은 혈괴를 툭툭 치며 말했다.

"주군이 우리를 위해 가장 먼저 죽어줄 건가 봐. 좋은 주군이지?"

"……."

웃기지도 않은 농담을 하는 임홍을 혈괴가 한심하다는 듯이 바라봤다.

혈괴가.

그때였다.

"……."

뒤에 있는 무림맹 무사들과 마찬가지로 휘인의 일행들 역시 벌어진 입을 다물지 못했다.

휘인은 검을 한 번 휘둘렀다. 좌에서 우로. 그것도 허공중에서.

하지만 검강이나 검기가 뿜어져 나간 건 아니었다.

'미친 거 아니야?' 라는 생각이 드는 찰나에 그들은 평생

잊지 못할 광경을 목격하게 되었다.

"크아아악!"

달려오고 있던 무사들이 일제히 쓰러지기 시작했다. 일부러 쓰러지는 게 아니라 몸이 정확하게 양분되어서, 키가 반으로 줄어들었기 때문에 쓰러지는 것이었다.

물론 정말로 키가 반으로 줄어들었다고 쓰러지는 건 아니었고, 더 이상 다리가 뇌의 통제를 받지 못하자 달려오는 걸 지속적으로 하지 못해 쓰러지는 거라고 볼 수 있었다.

몸이 양분된 무사들은 한두 명이 아니었다.

달려오고 있던 첫 번째 열의 무사들은 물론 적어도 다섯 번째 열의 무사까지도 몸이 깨끗하게 양분되었다. 물론 곳곳에 직감이 뛰어난 무사들이 몸을 띄워 피해냈지만, 거의 초토화라고 해도 어폐가 없었다.

휘인은 창백해진 얼굴로 뒤를 돌아봤다.

"몇 명이지?"

"……."

일행들은 할 말을 잃었다.

"이백칠십구 명."

"……."

감독을 자처하던 혈마가 말하자 일행들은 멍한 눈으로 그를 돌아봤다.

동공이 반쯤 풀린 눈으로 보아, 정말 그가 그 명수를 셀 겨를이 있다고는 생각지 않았다.

"거짓말하지 마."

임홍이 어색하게 웃으면서 말했다.

혈마는 더욱 어색한 미소를 지으며 반박했다.

"증명해 보게나, 그럼."

"……."

"심검인가?"

신승은 눈을 부릅뜬 채로 중얼거렸다.

체통을 차릴 새가 없었다.

어차피 자신을 보고 있는 사람은 단 한 명도 없었다.

모두가 하나의 점인 사내를 보고 있었다. 그 점인 사내에 의해서 줄 다섯 개가 깨끗하게 없어지는 광경은 모두를 경악하게 만들었다.

신승은 심검을 평생에 한 번 목격한 적이 있다.

바로 그의 스승에게서, 그가 해탈하기 직전에 깨달아 선보인 심검.

그때가 처음이자 마지막이었다.

평생 동안 그 경지를 이루고자 노력했지만 가까이 간 적조차 없었다.

하지만 드디어 두 번째로 심검을 목격하게 되었다.

그의 스승보다 훨씬 응용된 심검을 말이다.

"무신(武神)!"

무의 신이다.

지금만큼은 모두가 그렇게 생각했다.

청운은 자신의 두 눈을 믿을 수가 없었다. 눈을 비벼보고 재차 비벼보지만 눈앞의 환영은 사라지지 않았다. 분명히 현실일 수가 없기 때문에 환영일 텐데, 사라지지 않는다.

그렇다면 악몽을 꾸고 있는 것일까?

청운은 제정신을 못 차리고 있었다.

물론 갑자기 수백 명이 죽어나간 것도 악몽이었지만, 그 악몽을 재연한 사람이 더욱 악몽, 그 자체였다.

'휘인!'

수만 가지의 질문이 뇌리를 스쳐 지나간다.

그중에 가장 자주 스치는 질문은 하나였다.

'어떻게!'

이미 휘인이 나올 수 있는 방법을 사전에 봉쇄한 청운이었기에 더욱 믿을 수 없었다.

하지만 아무리 부정해도 눈앞에 있는 건 휘인이었다.

특유의 무표정함과 그의 애병인 흑검. 그가 휘인이라는 사실은 확실했다.

'이건 꿈이야.'

청운은 머리를 거칠게 흔들었다.

“괜찮아요?”

소소가 그에게 물었다.

소소가 보기에 청운은 점점 미쳐 가고 있었다.

“괜찮냐고요!”

여전히 청운이 머리를 흔들자 소소가 조금 더 크게 외쳤다. 하지만 역시 아무런 반응도 없었다.

짜악!

소소는 자신도 모르게 청운의 볼을 때렸다. 그를 보는 자신이 다 정신이 없었다.

청운은 싸늘하게 식은 눈으로 소소를 바라봤다.

“궁주님만은 제정신을 유지하서야죠. 겨우 일곱 명이라고요, 일곱 명.”

‘일곱 명.’

청운은 씩 웃었다.

“고마워.”

어느 정도 머리는 식었다.

청운은 조금 더 냉정해진 얼굴로 휘인 일행을 노려봤다.

그들의 한계를 눈으로 목격하고 싶었다.

아니, 휘인의 한계를 보고 싶었다.

만약 이전의 공격이 계속 이어진다면 그는 신이라고 할 수 있었다.

하지만 청운은 휘인의 창백하기 그지없는 얼굴을 보고는

확신했다.

그는 신이 아니었다.

"왜 멈추느냐! 쳐라! 우리는 천 년을 기다려 온 최고의 무사들이다!"

청운의 외침에 주춤했던 무사들이 다시 함성을 지르며 가공할 만한 속도로 언덕을 내려가기 시작했다.

잠시 주춤했던 북해빙궁의 무사들이 다시 더욱 빠른 속도로 달려오자 다시 오금이 저리는지 임홍은 어색한 미소를 지었다.

그때 휘인이 다시 검을 휘두르려고 했다.

"잠깐."

휘인을 제지한 건 진천악이었다.

"나에게도 기회를 달라고. 흐흐."

그 말과 함께 진천악은 언덕을 올라가기 시작했다. 가볍게 떼는 걸음 한 번에 오 장가량씩 멀어져 가는 그였다.

진천악은 점점 가까워지는 무사들을 싸늘하게 식은 눈으로 지켜봤다.

'안타깝게도 나는 휘인처럼 먼 거리에서는 이 실들을 사용할 수 없다고.'

진천악은 쓴웃음을 지으며 두 팔을 벌렸다.

일천사망술(一千絲網術).

그들이 쇄도해 오는 모든 넓이를 감당할 수 있는 건 아니지만 그래도 대다수의 앞에 천잠사가 펼쳐졌다. 원래는 망을 만드는 사술(絲術)이지만, 최대한 넓게 시전하기 위해서는 망 대신에 그냥 일직선으로 실을 펼칠 수밖에 없었다.

천잠사는 빛을 받으면 빛나기 때문에 그들을 속이기 위해서는 최대한 낮게 펼쳐 놔야 했다. 그래야 그 피해가 최대화되기 때문이다.

'더 와라, 더! 더 가깝게!'

북해빙궁의 무리들이 진천악의 지척에 도달할 때까지도 그가 아무런 조치를 취하지 않자 일행들은 슬슬 걱정이 되기 시작했다.

물론 그가 정말 자신들의 일행인지는 아직 확실하지 않았지만, 그래도 혈옥에서 같이 지내온 시간이 각별(?)했기 때문에 걱정은 되었다.

조금 구체적으로 설명하자면,

'미쳤나?'

'정신적 압박을 못 이기고 자살을 하는 모양이군.'

'그래도 저 방법은 좀 아닌데?'

'미친놈.'

이런 종류의 걱정(?)이었다.

그때였다.

"아아악!"

최대한 빠르게 경공을 펼치며 내려오던 북해빙궁의 무사들이 한꺼번에 쓰러지기 시작했다. 물론 휘인 때문에 몸이 절반으로 두 동강 났을 때와는 아주 살짝 다른 이유에서였다.

마치 날카로운 검이 그들의 무릎 부근에 놓여져 있던 듯이 그 부근이 절단되었다. 그러니까 다시 말해 그들은 종아리와 발이 절단된 채로 바닥을 처참하게 뒹굴게 된 것이다.

안타깝게도 살아 있기는 하지만 다시는 걸을 수 없으리라.

물론 그 보이지 않는 검들은 일시적으로 놓여 있는 게 아니었다.

동료들이 바닥을 뒹구는 모습에 주춤하면서도 내려오고 있는 다음 열의 무사들도 앞선 무사들과 같이 다리의 절반이 절단되어 바닥을 구르게 되었다.

그 중간에 앉아서 기력을 쏟는 진천악의 모습은 그야말로 악마를 연상케 했다.

"……."

일행들은 또 다시 할 말을 잃었다.

휘인처럼 사람을 죽이는 기술은 아니었지만, 저 정도면 죽었다고 봐도 상관없었다. 기어서 사람을 공격할 게 아니라면 저들은 더 이상 그렇게 큰 피해를 주지는 못할 것이다.

임홍은 여전히 어색한 미소를 지은 채로 작게 중얼거렸다.

"저건 죽인 게 아니니까 세지 마."

"……."

이 와중에도 승부욕을 불태우는 임홍을 안쓰럽게 쳐다보는 일행들이었다.

"백구십오 명."

일행들은 멍한 눈으로 혈마를 돌아봤다.

'내 일을 하는 건데 뭐?' 라는 눈으로 맞받아치는 혈마였다.

이쯤 되자 북해빙궁의 무사들은 다시 멈춰 설 수밖에 없었다.

무공 한 번 제대로 펼치지 못하고 죽거나 불구가 되는 건 그들의 희망 사항이 아니었다.

"오랜만에 사술(絲術)을 보는군."

실을 사용하는 무공은 거의 사라졌다고 볼 수 있었다. 검이나 도만큼 공격적인 무기가 있는 데도 실을 붙잡고 무공을 연마할 사람은 없기 때문이다.

그리고 제대로 된 사술을 펼치기 위해서는 천잠사가 필요한데, 사실 천잠사는 평생 가도 구경하기 힘든 물건이었다.

그랬기 때문에 차라리 어디서나 쉽게 구할 수 있는 검이나 도를 연마하는 이들이 훨씬 많았고, 사술은 소외받게 되다 결국에는 아예 없어졌다고 볼 수 있었다.

신승은 저 사내만큼 천잠사를 잘 다루는 이를 본 적이 없었다.

실제로 사술을 하는 이도 거의 본 적이 없었다.

'참으로 기묘한 일행이군.'

신승은 다음 청년이 기다려졌다.

만약 저 일곱 명이 모두 저런 무위를 보여준다면 육천 대 칠에서 이길 수 있을지도 모른다. 단숨에 사백여 명을 무너뜨린 두 명이었으니까.

청운은 이번엔 장난기 가득한 얼굴을 지닌 사내를 뚫어져라 쳐다봤다.

휘인은 대충 이해가 간다고 치자.

아니, 사실은 아직도 휘인이 이해가 가지 않는다. 하지만 그는 애초에 그런 인물이었으니까 대충 넘어가 보자.

저 사내는 또 누구란 말인가?

어떤 결계를 만들어낸 건지, 아니면 무슨 함정을 만든 건지는 몰라도 일정 지점에서 모두의 다리가 절단된다. 그것도 검으로 직접 자르는 것만큼이나 깔끔하게.

그리고 대충 보니 휘인의 일행인 듯싶은데 청운은 지금껏 그를 본 적이 없었다.

어디에서 굴러온(?) 놈인지는 몰라도, 이건 휘인만큼이나 경계해야 했다.

'정말로 일곱 명에게 농락당하지는 않겠지?'

아주 불안했다.

하지만 그 불안감을 그냥 넘겨 버렸다.

일곱 명이다.

두 명은 벌써 안색이 좋지 않았다.

이제 그들도 끝이다.

"왜 머뭇거리느냐! 달려가라! 그들은 신이 아니다! 지금 육천 명이 겨우 일곱 명 때문에 머뭇거린다는 게 말이 된다고 생각하냐!"

"와아아!"

북해빙궁의 무사들은 다시 한 번 힘을 내어 언덕 아래로 달려 내려가기 시작했다.

진천악은 다시 일행들의 곁으로 다가왔다. 더 이상 일천사망술을 지속시키면 자신이 위험했다. 그리고 앞으로의 긴 접전을 생각하면 힘을 아껴야 했다.

"와아아!"

그때 다시 무사들이 달려 내려오기 시작했다.

분명히 불구가 된 이들도 많았다. 하지만 아직도 멀쩡한 이들이 훨씬 많았다. 아니, 애초에 자신들이 숫자를 줄인 건 맞는지 궁금해질 정도로 무사들의 수는 많았다.

정말 이가 질릴 정도로.

휘인의 일행들은 서로 묘한 시선을 교환했다.

'네가 나가봐!'

'싫어. 난 저런 거 못해.'

'나는 할 줄 아는 것 같냐?'

'아나, 진짜 저놈들이 사람이야?'

'크르크르!'

휘인과 진천악이 그야말로 무신에 근접한 무위를 보였기에 나머지 일행들은 이상한 위압감을 느꼈다. 마치 자신들도 그들처럼 무엇인가 경악할 만한 일을 펼쳐 내야만 할 것 같았다.

물론 자신들도 그런 '괴물' 같은 일을 할 수 있으면 좋겠다.

하지만 안타깝게도 자신들은 '평범한' 무인들이었다.

저런 대규모 살생 능력은 없었다. 무리를 한다면 몇십 명을 동시에 죽이는 건 가능하겠지만, 저들처럼 몇백 명을 죽이는 건 평생 불가능할지도 모른다.

'어떻게 백 명대를 죽인다?'

그게 그들의 중점적인 문제였다.

그때 그들은 자신들이 똑같은 문제를 가지고 고민하고 있다는 사실을 깨달았다.

그리고 해결책이 있다는 사실도 깨달았다.

그들은 미소를 교환했다.

"가자!"

임홍, 곽소천, 소여락, 혈괴, 혈마는 동시에 앞으로 나아갔다.

수천의 무리가 다가오고 있기 때문에 사실 한 발을 내딛는 데는 엄청난 용기가 필요했다.

하지만 그들에게 선택권은 없었다.

'어떻게든 백 명대를 채운다!'

이 내기는 이겨야 한다.

힘을 합쳤다 해서 비겁하다고 하면 어쩔 수 없지만, 이게 그들이 선택할 수 있는 최선의 방법이었다.

"오옷!"

신승은 기대할 수밖에 없었다.

그 괴물 같은 사내 두 명이 사백 명을 죽였고, 불구로 만들어 버렸다.

그것도 각각.

그런데 이번에는 다섯 명이 동시에 각자의 병기를 집어 들었다.

신승이라고 해도 이번만큼은 기대할 수밖에 없었다.

물론 무림맹의 무사들이라고 해서 다를 바가 없었다. 그들은 눈에 이채를 띠며 앞으로 벌어질 모든 일을 평생 기억에 남기겠다는 의지로 그들을 뚫어져라 쳐다보고 있었다.

‘도대체 무슨 짓을 하려고.’

청운은 속이 바짝 타 들어가는 것을 느꼈다.

하지만 한편으로 안심도 됐다.

소여락, 곽소천, 임홍의 무위 정도는 대충 파악이 되어 있었다.

휘인이나 그 청년만큼의 대량 살상 능력은 없었다.

하지만 거지 같은 노인네와 임홍보다 더 괴물같이 생긴, 말 그대로 ‘괴물’ 은 모르는 사람이다. 아니, 어딘가 낯이 익기는 한데, 어쨌든 단 한 번도 직접 만나본 적이 없는 자들이었다.

지금까지 단 한 번도 직접 만나본 적이 없는 청년은 거의 이백 명을 불구로 만들었다.

그럼 지금까지 단 한 번도 직접 만나본 적이 없는 거지 노인과 ‘괴물’ 은 어떤 파괴력을 보여줄까?

기대가 되면서도 걱정이 되었다.

‘그리고 왜 동시에 나온 거야?

각자 한 명씩 나와서 제 장기를 보여주는 놀이를 하는 게 아니었나?

어쨌든 그런 착각이 들 정도로 지금의 대치 상황은 이상하게 돌아가고 있었다.

쾅!

“……”

모두가 경악했다.

무림맹의 무사들도, 북해빙궁의 무사들도, 휘인도, 진천악도, 청운도, 신승도 놀랐다.

그리고 동시에 나갔던 임홍, 소여락, 곽소천, 혈마도 경악했다.

혈괴가 두 주먹으로 바닥을 세게 때렸다. 그가 기를 운용하는지는 몰라도 정말 가공할 만한 힘으로 언덕을 때리자 그야말로, 말 그대로 지축이 흔들렸다. 지진이 나지는 않았지만 그의 주먹을 중심으로 땅이 쩍 갈라졌다.

물론 그 부분이 중요한 게 아니었다.

그의 주먹이 일으키는 진동파로 인해서 삼십 장 반경으로 그 큰 언덕 위에 서 있거나 달려오고 있던 모든 이가 넘어졌다. 균형을 잃고 데구르르 구르는 북해빙궁의 무사도 있었다.

요약하자면, 혈괴는 사람이 아니었다.

사람이고서야 이런 힘을 낼 수는 없는 것이다.

임홍, 소여락, 곽소천, 혈마는 원망스러운 눈으로 혈괴를 노려봤다.

'이럴 거면 혼자 나오지!'

이럴 힘이 있으면 혼자 나왔으면 되었을 텐데, 왜 같이 나와서 자신들을 넘어뜨리는지 이해가 되지 않았다. 하지만 이성이 없는 혈괴를 이해하려면 임홍만큼 단순한 머리가 필요하리라.

혈괴는 아직도 넘어져 있는 북해빙궁의 무사들을 향해 달려갔다.

정말 짐승 같은 달리기였다.

혈괴는 한 무사를 집어 올렸다.

혈괴에게 있어 그 무사는 조금 큰 장난감과 다르지 않았다.

그리고 실제로 장난감이었다.

으득!

임홍은 눈을 살짝 감았다.

혈괴는 그 무사의 머리와 발을 만나게 해주었다.

조금 더 구체적으로 말하자면 허리가 완전히 반으로 접혔다고나 할까.

그 으득! 소리는 정말 소름 끼쳤다.

그것으로 끝이 아니었다.

허리를 접은 무사에 취미가 없어졌는지, 적어도 이십 장 밖으로 던지더니 옆에 있던 두 무사의 발목을 잡고는 이리저리 휘둘렀다.

그걸로 성이 차지 않는지,

쾅쾅쾅!

좌우로 바닥을 두들기는 데 무사를 사용했다.

조금 더 구체적으로 설명하자면, 무사를 왼쪽 바닥에 부딪치게 하고, 다시 들어 오른쪽 바닥에 부딪치게 한다. 그것을 빠르게 세 차례 하고는 다음 장난감을 찾는다.

물론 고장난 장난감은 얼굴이 완전히 으깨지고 살이 터져 있어 다시는 고칠 수 없을 정도로 망가져 있었다.

“……”

진천악은 악마가 아니었다.

만약 진천악이 악마였다면, 혈괴는 진천악을 만든 신의 할아버지의 할아버지의 할아버지의 고조할아버지쯤은 되었을 것이다.

진천악은 상당히 점잖은 악마였다.

그때 임홍이 그를 보며 말했다.

“이제 겨우 세 명이야. 언제 백 명 채울래?”

그러자 혈괴가 섬뜩한 혈광을 번뜩였다.

“크르르!”

그와 동시에 혈괴의 공격 방법이 바뀌었다.

혈괴는 주먹을 쥐더니 아직도 쓰러져 있는 무사들을 중점적으로 때렸다.

“……”

때렸다라고 하기보다는 몸통을 관통시켰다고 하는 게 더욱 옳은 표현이었다.

몸에 주먹을 꽂아 넣으면, 그게 언덕에까지 꽂힌다. 그러니까 관통시키는 게 맞다.

그리고 혈괴의 주먹은 상당히 컸다.

몸통을 관통시켰다는 건 몸통을 완전히 없앴다고 하는

것과 마찬가지로, 그의 상대의 내장들은 모두 자취를 감췄
다.

그렇게 혈괴는 개미를 죽이듯 사람을 쉽게 죽이고 있었다.

순식간에 십여 명이 죽자 점차 다급해지는 건 청운이 아니
라 임홍, 소여락, 곽소천, 그리고 혈마였다. 어떻게든 수를 채
워야 했다.

무사들이 간신히 제정신을 차리고 자리에서 일어나려는
지금이라도 바로 시작해야 한다.

"크오오오!"

"이야아아!"

"아다다다!"

임홍, 소여락, 그리고 곽소천의 함성이었다.

"음헤헤헤!"

혈마의 함성(?)이었다.

"……."

임홍, 소여락, 그리고 곽소천은 한심하다는 얼굴로 혈마를
노려봤지만, 혈마는 능청스럽게 웃으면서 어깨를 으쓱여 보
일 뿐이었다.

"크오오오!"

"이야아아!"

"아다다다!"

"킬킬킬킬!"

“…….”

“이상하다면서?”

“…….”

임홍, 소여락, 그리고 곽소천은 혈괴를 무시하고는 각자의 병기를 휘둘러 북해빙궁의 무사들을 빠르게 죽여 나가기 시작했다. 검강을 덧씌운 병기에 무사들의 목은 깔끔하게 잘려 나가기 시작했다.

‘강시.’

혈괴에 대한 신승의 평가였다.

너무 멀어서 제대로 된 평가를 내리기는 조금 그렇지만, 활강시의 종류인 듯싶었다. 강시에 대한 연구는 이미 검존, 도악, 그리고 자신이 마감시켰다. 사악한 무리라 판정을 짓고는 이 무림에서 완전히 지워 버린 것이다.

신승은 젊었던 시절에 혈괴와 비슷한 강시와 만난 경험이 있었다.

비상식적으로 부풀어진 근육과 동공이 없는 혈안, 무엇보다도 산을 뒤흔드는 엄청난 근력이 그 강시의 특성이었다.

물론 특유의 재생력은 아직도 악몽으로 기억되고 있었다.

‘흐음.’

신승의 머리는 점점 복잡해지고 있었다.

"크오오오!"

그 거대하기 짝이 없는 쌍부를 장난감처럼 다루며 사람을 깨끗하게 양분하는 임홍의 도술은 가히 절정을 이루었다.

"이야아아!"

아무런 기운이 느껴지지 않는 검술이지만, 그 예기만큼은 피하고 싶을 정도로 섬뜩한 검을 놀리는 소여락이었다. 무엇보다도 쾌검이 검술의 주축을 이루었다.

"아다다다!"

곽소천의 얇은 검에서는 핏빛의 검강을 머금고 있었다. 그 검에 닿으면 신체의 부위 중 하나는 저기 어딘가로 멀리 날아간다.

"음홧홧홧!"

사람의 힘을 빼놓는 데 일가견이 있는 혈마는 단검으로 무사들의 목을 땄다.

그가 어떻게 이동하는지 그 누구도 볼 수 없었다.

그를 눈앞에서 본 인물이라면 누구나 금세 의식을 잃어버린다.

엄청나게 화려하거나, 엄청나게 파괴력을 지닌 무공은 아니지만 그들은 각자의 무공에 도가 튼 인물들이었다.

시체는 점점 빠르게 늘어가기 시작했다.

"그래!"

청운은 이마를 탁! 쳤다.

이미 무사들의 이 할가량을 잃었다는 사실은 안중에도 없었다. 사상자가 곧 삼 할을 넘어가게 생겼는 데도 별로 신경 쓰지 않는 그였다.

'어디서 봤는지 알았어.'

초상화로 오래전에 본 적이 있었다.

얼굴이 많이 변하기는 했지만 떠올리고 보니 아직도 예전의 얼굴이 꽤 남아 있었다.

혈괴는 청운이 아는 인물이었다.

'아버지.'

실험이 실패로 돌아가 어쩔 수 없이 가둬야 했던 비운의 인물.

청운의 눈에 이채가 띠었다.

'다음 기회를 엿봐야겠어. 이 일은 나 혼자서 어떻게 처리할 수 없어.'

어느새 휘인과 진천악도 몸을 추스르고 임홍들과 합류했다.

진천악의 사술이나 휘인의 검술이나 모두가 비슷한 속도로 무사들을 죽여 나갔다.

멀리서 빙장을 날리는 이들을 제외하고는 가까이 있는 무사들은 거의 비명 한 번 질러보지 못하고 죽어나갔다.

하지만 이들도 무적이 아니었다.

점차 지쳐 갔고,

쾅!

“윽.”

임홍이 가장 먼저 적의 빙장을 정면으로 먹었다.

상처가 나지는 않았지만 그 주위가 급격하게 얼어붙어 몸이 원활하게 움직이지 않는다.

“하압!”

임홍은 인상을 쓰며 쌍부를 힘껏 휘둘렀다. 그러자 자신에게 빙장을 먹인 놈은 더 이상 이 세상의 인물이 아니었다.

임홍은 시작에 지나지 않았다.

점차 상대를 베는 속도가 느려지자 적들은 그 틈을 파고들어 한꺼번에 덤벼들기 시작했다. 체력이 조금만 더 좋았어도 단번에 베어버릴 수 있는데, 점차 힘이 달리자 공격보다는 방어에 치중해야 했다.

그리고 시간이 흐르면 흐를수록 공격하는 횟수는 급감하기 시작했다.

휘익!

갑자기 소여락을 둘러싸고 있던 무사들이 두 동강이 나며 쓰러졌다.

휘인이었다.

급박할 때면 휘인이 나서서 이렇게 말끔하게 해치워 주

었다.

참으로 편리한 무공을 지닌 그였지만 시간이 흐르면 흐를수록, 도움을 주면 줄수록 휘인의 안색이 창백해지고, 검에 힘이 없어짐이 느껴졌다.

그에게도 한계란 게 있는 것이다.

아직도 수천 명이 그들을 향해 돌진하고 있었다. 저 뒤편의 무사들은 점차 사기가 올라 신이 나 있었다.

반대로 휘인 일행은 점점 한계에 도달하고 있었다.

"가자! 겨우 일곱 명이 우리를 위해 싸우고 있다. 우리는 무림, 그 자체다!"

"와아아아!"

그때 신승은 돌격 명령을 내렸다.

조금만 늦었어도 일행 중 한 명 정도는 저 세상으로 갔을 것이다.

그들이 돌진하는 소리에 힘을 입은 일행들은 마지막 힘까지 짜내며 견뎌내고 있었다.

그 결과, 그들은 신승과 무림맹의 무사들이 도착할 때까지 버텨낼 수 있었고, 북해빙궁의 무사들은 사기가 점점 떨어져 결국에는 효율적인 방어도 못하고 급격히 무너지기 시작했다.

흐름은 이미 오래전에 바뀌었다.

북해빙궁 무사들의 얼굴에는 이미 패배감이 역력하게 드러나 있었다.

보통 이쯤 되면 상관이 후퇴 명령을 내린다.

하지만 그전까지는 그래도 최선을 다해서 적을 쓰러뜨리는 데 노력한다.

머리로는 알고 있었지만, 그들은 빨리 후퇴 명령이 내려지기만을 기다리고 있었다.

"궁주님?"

소소는 백리천을 찾았다.

하지만 분명히 근처에 있던 백리천은 자취를 감추어 버렸다.

이해가 가지 않았다.

'무서워서 도망간 건 아닐 텐데, 도대체 어디에?'

분명히 후퇴 명령을 내려야 하는 시점인데 그 명령을 내릴 수 있는 유일한 한 사람이 사라졌다.

자신들은 완전히 버려진 것이다.

'믿을 수 없어.'

하지만 아무리 찾아도 궁주의 머리카락 한 올도 보이지 않았다.

시간이 흐를수록 점차 북해빙궁 무사들의 주검이 늘어나고 있었다.

그것도 급속도로.

완벽히 대승할 수 있는 기회였는데, 겨우 일곱 명 때문에 그 판국이 바뀌었다.

궁주가 없으면 소궁주가 모든 권한을 자동적으로 이양받기에 소소는 궁주 대신 후퇴를 알리기 위해 크게 외쳤다.

"후퇴! 후퇴하라!"

후퇴라는 달콤한 소리가 들리자 북해빙궁 무사들의 긴장이 풀렸다. 하지만 북소리가 들리지 않았다. 후퇴를 알리는 북소리가 들려야 그들은 그렇게 행동할 수 있었다.

하지만 여기서 문제가 있었다.

"왜 북을 안 울려! 빨리 울리란 말이야!"

소소의 목소리는 저 끝까지 닿을 수 없었기 때문에 아무리 설명을 해도 북소리 없이는 정식적인 후퇴 명령을 내릴 수 없었다.

소소는 뒤를 돌아봤다.

뒤에는 북을 울리는 무사들이 있어야 했다.

"……!"

하지만 그들은 이미 싸늘한 주검이 되어 있었다.

누군가에 의해서!

물론 자신이 북을 치면 된다.

소소는 황급히 그들의 곁으로 다가갔다.

"……!"

자신의 눈을 믿을 수 없었다.

북이 갈기갈기 찢어져 있었다.

더 이상 제기능을 하지 못할 정도로 심하게.

누가 이렇게 했는지 물어보지 않아도 알 수 있었다.

하지만,

'왜!'

왜 그렇게 했는지 도저히 이해할 수 없었다.

소소는 눈을 지그시 감았다.

그녀의 눈썹이 파르르 떨렸다. 태어나서 이렇게 분한 적은 단 한 번도 없었다.

소소는 곧 마음을 추스르고는 자리를 박차고 나아갔다.

"마지막 힘까지 다 짜내어라! 우리는 천 년을 기다린 북해빙궁이다! 북해빙궁이란 말이다!"

소소는 말 그대로 마지막 힘까지 다 짜내어서 선두로 돌진했다.

그리고 무림맹 무사들을 닥치는 대로 죽였다.

자신의 몸은 조금도 신경 쓰지 않았다.

어차피 여기서 살아나갈 수 있다고 생각하지는 않았다.

살을 내어주고 목숨을 취한다.

소소는 그렇게 많은 이들의 목숨을 빼앗아갔다.

그녀의 모습에 감동하여 북해빙궁의 무사들 역시 더욱 힘을 내었다.

어차피 죽을 목숨이라는 생각에 한 명이라도 더 데려가겠다고 다짐하며 빙장을 휘둘렀다.

눈물겨운 혈투였다.

그렇지만 흐름을 바꾸기에는 너무도 늦었다.

이미 승리는 그들에게 기울어져 있었다.

"한 명이라도, 한 명이라도 더 죽여라! 한 명이라도…… 크윽!"

소소의 심장에 화살이 꽂혔다.

소소는 누가 쏘았는지 보지도 않았다. 원흉을 따지는 건 이 상황에서 불필요했다. 어차피 자신은 이제 죽을 목숨이었다.

소소의 눈가에 눈물이 볼을 타고 흘렀다. 세상이 뿌옇게 보인다.

소소는 더 이상 수하들을 걱정하지 않았다. 그들을 보지도 않았다. 다만 회색 하늘에서 떨어지는 진눈깨비만을 가만히 쳐다봤다.

이렇게 죽으려고 힘들게 살아왔던가…….

아아!

북해빙궁이여!

천 년의 꿈이 이렇게 끝난 북해빙궁이여…….

소소는 그렇게 눈을 감지 못하고 싸늘하게 식어버렸다.

　북해빙궁의 무사들은 꽤나 많이 살아남았지만 그들 역시 소소와 똑같은 길을 걷게 된다. 단지 시간문제일 뿐이었다.

"와아아아아!"

　하늘을 뒤흔드는 함성 소리가 울려 퍼졌다. 더 이상 북해빙궁이 무림의 역사에 존재하지 않게 되는, 그런 역사적인 날이었다.

　무림맹은 많은 피를 흘렸지만 그래도 승리의 기쁨을 맛보는 승자가 되었다.

　싸움이 끝난 시점, 그들은 그 신과도 같은 무위를 보인 칠 인을 찾고자 했지만 그 칠 인은 자취를 완전히 감추어 버렸다.

　애초에 그들이 존재하지 않았던 것처럼 그들의 행방은 묘연해졌다.

　무림의 역사에 무신의 일행이라 알려진 칠 인과 그들의 신위는 기록되지만, 안타깝게도 그들의 이름은 기록되지 않았다.

　다만 이름만 없이 기억될 뿐이었다.

제12장

휘인운비(徽人雲秘)

휘인 일행은 뇌운비를 따라 무림맹에 도착했다. 뇌운비는 상황을 봐 개입을 할 작정이었지만, 자신들이 노출되지 않아도 일이 잘 해결되었기에 그 모든 일들을 구경하기만 했다.

휘인 일행은 무림맹주실에 모여 앉았다. 또한 뇌운비와 비 역시 포함되어 있었다.

"도대체 어떻게 나온 거지?"

그들의 무식한 무위도 궁금하지만, 무엇보다도 뇌운비를 괴롭히는 건 어떻게 해서 그들이 혈옥에서 나올 수 있었느냐였다.

여기서 휘인은 말문이 막혔다.

그들이 혈옥을 나올 수 있게 된 정확한 원리는 알지 못했다. 애초에 그 무형 결계의 원리도 모르는데 그걸 해제하는 원리를 어떻게 알겠는가.

다만 여기서 그 원리가 적용되지 않는 혈괴가 개입하게 된다.

혈괴는 이상하게도 남들과는 달리 혈옥의 무형 결계에 영향을 받지 않았다. 여기서 임홍은 아주 독특한 생각을 해내게 된다. 애초에 임홍의 생각은 모두가 무시하기 때문에 별 다른 지지를 못 받았지만, 임홍이 직접 성공하자 모두 그의 방법을 따랐다.

그의 방법은 간단했다.

"이놈은 크니까 한 명씩 완전히 감쌀 수 있을 거야. 그리고 우리를 완전히 감싼 채로 이 문을 나서면 우리는 여기에서 해방될 수 있을 거야!"

상당히 임홍다운 방법이었다.

이 방법이 성공하자 가장 놀란 건 역시나 임홍이었다.

물론 그 방법이 한 번에 먹힌 건 아니었다. 아무리 큰 혈괴라도 사람을 완전히 가리기는 불가능하다. 무엇을 담는 용기가 아니기 때문이다.

여기서 휘인이 개발한 독특한 속성의 검강이 개입하게

된다.

휘인이 개발한 속성의 검강은 그 혈괴의 결계를 통과하게 되어 있었다. 그 이유는 검강이 지나갈 때만큼은 그 결계가 열리기 때문이었다.

그 틈이 살짝 벌어졌을 때 혈괴의 보호를 받으며 빠르게 지나가면 결계가 새로이 재생되기 전에 혈옥을 빠져나가는 게 가능했다.

이 복잡해 보이기도 하고, 단순해 보이기도 한 작전을 이용해 이들은 혈옥에서 간신히 빠져나올 수 있었다.

간신히라는 단어를 쓰는 이유는, 이 작용들이 동시에 이루어져야 하기 때문에 여간 힘든 게 아니었기 때문이다. 한 명을 빼내는 데 하루가 꼬박 걸린 때도 있었다. 물론 그 한 명은 몸이 상당히 큰 임홍이었다.

그들이 혈옥에 나오기까지 고생한 이야기를 모두 들은 뇌운비와 비는 입을 다물 수가 없었다.

"그런 게 가능해?"

"정말입니까?"

비는 혈옥에 대해서 아주 잘 알고 있었다. 그리고…… 혈괴에 대해서도. 하지만 그의 특성을 결계의 보호막으로 쓰는 건 독특한 발상이었다. 기발한 발상이기도 했다.

탈옥에 대한 부분은 그 정도 이야기했고, 그 다음 뇌운비가 암회에 대한 이야기를 꺼내었다. 암회의 이야기에 임홍이 아는 척을 하려 했지만, 혈마에게 제지당해 결국에 뇌운비가 하는 설명을 처음에서부터 끝까지 다 들어야 했다.

너무 답답한 나머지 휘인이 입을 열어야 했다.

"자아, 혈마, 그리고 너, 비. 둘이 문제가 있나? 있으면 지금 해결하도록."

혈마는 이상하게도 비의 시선을 계속 회피했다. 그리고 비는 조금 미심쩍은 눈으로 혈마를 계속해서 바라보고 있었고.

혈마는 좀처럼 입을 열지 않았다.

비는 계속해서 무엇이 생각날 듯 말 듯해서 아무런 말도 하지 못했다.

그때 휘인이 다시 입을 열었다.

"혈마는 암회에 대해서 이미 알고 있었다. 아마도 암회의 일원이었던 모양이지. 그리고 이 혈괴와 어떤 관계가 있다. 혈괴 역시 암회의 일원이었거나, 실험 대상이었을 가능성이 높겠군."

휘인은 대충 그 정도까지는 눈치를 채고 있었다. 사실 임홍을 제외한 일행들은 모두 그 정도까지 알고 있었다. 혈옥에서 지냈던 시간을 되돌아보면 확실히 혈괴와 혈마는 어떻게든가 연결되는 끈이 있었다.

그때 비가 이마를 탁! 쳤다.

드디어 떠오른 것이다.

'전대 수석장로!'

암회는 세대에 따라 그 권력이 물려진다. 지금의 수석장로는 청운이었지만, 그 전대 장로는 바로 혈마였다. 물론 그의 이름은 혈마가 아니었지만, 어쨌든 바로 그였다.

그런데 혈괴는…….

비는 혈괴의 얼굴을 자세히 뜯어봤다.

혈광이 번뜩이는, 그리고 터질듯한 근육을 지닌 점은 비에게 있어 아주 익숙했다.

'활강시의 실험 단계에 있었던 인물인가?

활강시는 적어도 백여 년 전에 진행되던 실험이었다. 그 이후 훨씬 발전된 강시에 대한 많은 실험들이 있었다.

'아니, 활강시는 아니야. 그 다음 단계인 사독(死毒) 강시라고 하기에는 근력이 너무 발달되었어. 그럼 마지막 한 단계인 사신(死神) 강시의 실험 대상이었나? 하지만 그 실험들은 모두 내가 참여했는데.'

사신 강시의 실험에서부터는 비가 암회에 있었고, 장로로서의 역할을 수행하고 있었다. 그러니까 사신 강시에 대해서 비는 거의 모든 걸 알고 있었다.

하지만 이 혈괴라는 인물은 몰랐다. 게다 그의 무위는 보통 사신 강시가 아니었다. 자신이 들은 대로 산을 뒤흔들 정도면 너무 위험해서 예전에 한 번 실험을 중단했다가 최근에 다시 시작한…….

'생사신(生死神) 강시?

생사신 강시에 대해서 비가 아는 바는 거의 없었다. 그 실험은 회주가 독단적으로 진행하고 있었기 때문이다. 그래서 정말로 이 혈괴가 생사신 강시의 초기 실험 작품인지, 아니면 후기의 실험 작품인지는 정확하게 알 수 없었다.

하지만 대충 예상해 보건대 초기의 작품이 거의 확실했다.

혈마와 같이 있는 걸 보면 알 수 있었다.

비가 혈괴를 뚫어져라 쳐다보면서 아무 말도 하지 않자 뇌운비가 말했다.

"네 취향이냐?"

비는 황급히 고개를 절레절레 흔들었다.

"그럼 네가 아는 걸 모두 말해봐."

혈마에 대해서, 그리고 혈괴에 대해서 아는 만큼 이야기하라는 것이었다.

비는 잠시 곤혹스러운 표정을 지었다.

그때 혈마가 그의 곤혹스러움을 덜어 주었다.

"내가 말해주겠네. 일단 암회에 대해서는 이미 말해주었고, 또 들은 게 있으니 대충 넘어가겠네. 나는 암회의 전대 수석장로 비응이네. 그리고 이분은…… 회주의 아드님, 청풍이시다."

'청풍?'

임홍은 머리를 긁적였다. 어디선가 들어본 이름인 것 같기도 하고, 비슷한 이름을 아는 것 같기도 했다.

그러다 문득 떠올랐다.

"청운의 동생이냐, 형이냐?"

곽소천은 단순하기 짝이 없는 두뇌를 지닌 임홍을 노려보며 좀 조용히 하라고 눈치를 주었다.

청풍이라는 이름은 상당히 흔했다. 보통 고아인 아이들 중 사람들이 대충 지어준 이름 중에 청풍, 청운이 많았다.

놀랍게도 혈마는 고개를 끄덕였다.

"동생이나 형이 아니라 아버지이지."

그때 휘인이 끼어들었다.

"혈괴가 칠십여 년을 넘게 혈옥에 갇혀 있었는데, 이제 이십 살 먹은 청운을 낳을 수 있었나?"

"……."

상당히 일리가 있었다.

혈옥에서 오십 년 동안 모범적인 감옥 생활을 보냈다고 특별 휴가를 보내줬는데 아내랑 좋은 밤을 보내어 청운이 생겼을 리는 전혀 없었다.

"청운은 이분과 내가 혈옥에 들어갔을 쯤에 태어났다."

"말이 안 되잖아."

단순한 임홍이 생각하기에도 있을 수 없는 일이었다.

그런 일이 정말로 가능하기 위해서는,

"청운이 칠십 살을 먹었으면 몰라도 그런 일이 가능할 리가 없잖아?"

혈마는 임홍을 보며 고개를 끄덕였다.

"……."

임홍은 할 말을 잃었다.

휘인은 오히려 수긍을 하는 기색이었다.

"우리를 속였군. 하긴 우리를 속인 부분이 한두 가지가 아니지."

그의 독특한 무공은 아주 많은 부분에 유용하게 사용될 수 있었다. 나이를 속이는 것도 그런 부분 중 하나에 속하리라.

"그런데 왜 감옥에 갇힌 거지?"

암회의 일원이었고 지금 회주의 아들이었다면, 애초에 혈옥에 투옥된다는 것 자체가 이해가 되지 않았다.

"이 모든 게 생사신 강시 실험 때문이네."

생사신 강시는 살아 있는 사람에게 시전되는 실험이었다. 암회에서는 이 실험을 신으로 되는 절차쯤으로 생각하였고, 그랬기 때문에 선택받은 자만이 그 대상자가 될 수 있었다.

그리고 앞날이 창창한 청풍이 선택을 받은 것이다. 물론 실험은 실패로 돌아갔다. 청풍은 이지를 잃고 보이는 족족 사람을 죽여 나갔다.

암회의 많은 인재들이 그때 그를 막아내려다 죽어나갔다. 이지를 잃었어도 무위에서만큼은 신에 준하는 청풍이었다.

청풍은 암회를 위해서라도 조용히 묻혀 있어야 했다. 혈옥은 애초에 그를 가두어놓기 위한 감옥이었다. 이후 구파일방에 의해 관리가 되어오다 무림맹이 창맹된 이후부터 무림맹에서 관리하게 되었고, 혈괴 이외의 특수 전과범들을 투옥하는 곳이 되었다.

거기서 혈마는 혈괴를 보호하다 같이 갇히게 되었다. 배반자로 낙인이 찍혀서.

물론 암회를 배신할 마음이 있는 것도, 그렇다고 다른 불순한 마음을 가지고 있는 게 아니라 단지 청풍을 아끼는 스승으로서 그를 보호했을 뿐이었지만, 혈괴를 이용하고자 한다는 모함을 받고는 그와 같이 쭉 혈옥에 갇히게 되었다.

"흑흑."

그의 이야기를 들으며 임홍은 눈물을 흘리고 있었다. 물론 혈마 때문이 아니라 혈괴 때문이었다. 이상하게도 혈괴에게 각별한 감정을 느끼는 임홍은 때때로 필요 이상의 감정을 보일 때가 있었다.

그때 뇌운비가 입을 열었다.

"자, 이걸로 모두 사이가 괜찮아진 건가? 우리는 모두 한배를 탔다. 우리의 목적은 단 하나. 우리를 배신한 청운을 죽이는 일. 물론 그 과정에서 어린아이처럼 유치한 꿈을 꾸고 있는 암회도 같이 없앤다. 이의가 있나?"

곽소천, 소여락, 임홍은 뇌운비를 이상한 눈으로 쳐다봤다.

그때 휘인이 입을 열었다.

"그 교주 직이 꽤나 잘 맞는 모양이군."

그제야 뇌운비는 그들의 시선을 이해할 수 있었다. 그들이 기억하는 자신은 대장 휘인의 가장 친한 친구였다. 대장은 아니었단 말이다.

뇌운비는 은연중에 자신의 오른쪽 주머니를 매만졌다. 과연 이 주먹이 자신을 대장으로 만들어줄 수 있을지 궁금해졌다.

'아직은……'

"휘인도 그렇게 생각하지?"

뇌운비는 옅은 미소를 띠었다. 그의 눈웃음은 항상 누군가를 비웃는 듯하다.

휘인도 옅은 미소를 띠어 답했다.

지금의 적은 암회다.

받은 대로 갚아준다.

형형색색의 일행이지만 이 일에 있어서만큼은 모두 동의했다.

비와 소여락은 남아서 이야기를 더 나누었다.

"넌 어떻게 할 생각이지?"

소여락 역시 암회의 일원으로서 마교에 투입되었다가 회주의 명령에 따라 무림공적 일행과 함께 행동하게 되었다.

비에게 있어 소여락이 어떤 쪽을 택할지 상당히 중요했다.

비 자신의 목숨이 달린 일이었기 때문이다. 그리고 이대로 가면 암회에 해방이 될 수도 있겠다는 생각이 들었다. 휘인, 그리고 혈괴와 마석의 뇌운비.

아주 독특한 상황으로 전개되어 가고 있었다.

여기서 소여락이 어떤 역할을 하느냐에 따라 미래가 천국에서 지옥으로 갈린다. 사실 정말 천국과 지옥만큼 그 차이가 큰지는 아직 모르지만.

"그들은 나를 혈옥에 가뒀어. 청운이 내 앞에서 혈옥의 돌을 부쉈다고. 노야 같으면 내 입장에서 어떻게 하겠어? 나는 복수할 거야. 그리고 그들에게 복수하기 위해서는 이 일행이 가장 좋은 것 같아. 그렇지 않아?"

비는 피식 웃었다.

역시 그럴 줄 알았다.

그렇기 때문에 아무런 말을 하지 않은 것이었다.

"그럼 정말로 한번 해보는 거구나. 난공불락의 암회를 상대로 말이야."

마교와 북해빙궁보다도 더 긴 역사를 지닌 암회가 지금까지 생존해 온 것은 그 일원들의 뛰어남 때문이었다. 하지만 그 긴 역사가 어쩌면 생각보다 쉽게 끊어질지도 모른다.

비와 소여락은 묘한 미소를 교환했다.

제13장

음모태동(陰謀胎動)

등잔만이 방 안을 은은하게 밝혀주는 가운데, 적포의를 입은 중년인은 서류 작업을 하고 있었다.

휘이잉~

그때 방 안에 바람이 들어왔다.

바람이 들어올 구석이 없었는데 바람이 들어왔다는 말은 누군가가 그 구석을 만들었다는 뜻이다.

중년인은 조심스럽게 저 너머에 있는 문 쪽으로 다가가기 시작했다.

문이 시야에 닿는 지점에 도달하기 바로 직전이었다.

"헉!"

중년인은 깜짝 놀라며 엉덩방아를 찧었다. 그리고는 이내 머쓱한 미소를 보이며 자리에서 일어났다.

“장로님이 아니십니까.”

왜소하고 눈이 째진, 그러니까 별로 호감이 안 가는 인물이었지만 그래도 비는 암회의 장로였다. 암회의 수뇌부란 말이다. 자신은 암회에서 일개의 끄나풀에 지나지 않았으니 당연히 비에게 깍듯하게 대해야 했다.

“혈궁의 소궁주이자 우리 암회의 소중한 자산, 충회가 아닌가.”

“소중하다니요. 그냥 하찮은 존재일 뿐이지요.”

속으로는 기분이 굉장히 좋은지 옅은 미소가 가시지 않는 충회였다.

“그동안 수고했다.”

“그게 무슨 말……!”

충회는 의문에 가득찬 눈으로 스르르 쓰러졌다. 어느새 그의 심장에는 비수가 꽂혀 있었다. 그 옆에 숨어 있던 소여락에게 당한 것이었다.

“이걸로 열 명이군. 후우, 아직도 한참 멀었구나.”

비는 조금 지친 표정이었다.

“그래도 빨리 해치우면 해치울수록 좋은 일이지. 빨리 가자, 노야.”

비는 묵묵히 고개를 끄덕였다.

일단 휘인의 무리에게 가장 시급한 건 내통자의 색출과 처단이었다. 휘인이 뇌운비와 합류했다는 사실은 비가 막을 수 없었다. 마교의 무리와 사파의 무리가 모두 그 모습을 봤기 때문에 암회에 속이고 싶어도 속일 수 없었다는 말이다.

그리고 이미 암회는 혈마와 혈괴가 무림에 나왔다는 사실을 알고 있었다. 무림맹 임시 지부에서 그렇게 난리법석을 떨었는 데도 모르면 암회가 아니다.

그렇다면 이미 암회에서는 휘인 일행이 자신들에 대해 알고 있다는 사실을 눈치 챘을 것이다. 아직도 혈마와 혈괴가 휘인 일행과 같이 움직인다는 사실에서 그런 것쯤은 쉽게 알 수 있었으리라.

또한 비, 자신 역시 노출되었을 가능성이 높다고 암회는 생각하고 있으리라.

무엇보다도 혈마는 비를 한 번 본 적이 있었다. 오래전이었지만 암회는 그렇게 낮은 확률도 감수할 수 없었다. 이미 무림맹 내부의 끄나풀들은 모두 써먹었기 때문에 그 피해가 컸다.

여기서 비는 선택할 수 있었다. 노출되었다 하고는 암회로 도망을 간다. 아니면 그냥 여기에 남는다. 여기에 남으면 당연히 배신자로 낙인찍힐 것이다. 하지만 다시 암회로 돌아가면 위험하기는 하겠지만 꽤 큰 역할을 할 수 있을지도 모른다.

하지만 여기서 뇌운비가 받아들이지 않았다. 뇌충을 심었음에도 불구하고 믿을 수 없다는 말이었다. 그리고 사실 비가 암회로 가면 그가 무슨 말을 하든 암회를 위해서 무엇을 하든지 간에 그가 말해주는 대로 믿을 수밖에 없었기 때문이다.

그랬기 때문에 비는 다른 선택을 해야 했다. 마교와 사파무림에 잠복해 있는 끄나풀들을 다 처단해야 했다. 현재, 명단을 뽑아 5조가 되어 끄나풀을 처단하는 데 온 힘을 다하고 있었다.

해가 뜨기 전에 수백여 명이 되는 핵심 끄나풀들을 죽여야 했다.

전부 죽일 필요는 없다. 암회와 직접적인 정보 교류를 할 수 있는 끄나풀은 전체 끄나풀에서도 소수였다.

"다음은 혈궁의 장로다."

현재 사파무림의 핵심 세력은 대부분 무림맹에서 묵고 있었다. 그리고 그 핵심 세력에서 거의 일 할이 핵심 끄나풀들이었다.

그들이 한자리에 모여 있는 게 참으로 다행이었다.

단가후는 바닥에 쓰러져 싸늘하게 식어 있는 여인을 내려다보며 비릿한 미소를 지었다.

"건방진 것."

지금까지 자신을 홀대한 것에 대한 대가이다. 아니, 혼자서 그 안가를 벗어나려고 했던 일에 대한 대가이다.

백리연화는 그렇게 죽었다.

어쩌면 이렇게 죽는 게 나을 수도 있었다.

어차피 돌아갈 곳도 없었으니까…….

단가후는 정보를 수집했다. 물론 마교가 어디로 움직였는지에 대해서 가장 먼저 조사했다.

마교가 어디에 있는지는 비밀도 아니었다.

장하게도(?) 마교는 무림맹의 현 거주자였다. 무림맹을 바깥으로 쫓아낸, 사실 빈집을 턴 것이지만. 어쨌든 단가후는 흡족한 미소를 지으며 무림맹으로 이동하기 시작했다. 그렇게 먼 거리도 아니었다.

이동을 하면서 일부러 잊었던 몇 가지 사실들이 떠오르기 시작했다.

"뇌운비, 휘인."

특히 휘인.

으득.

휘인을 생각하니 저절로 이가 갈리는 단가후였다.

'뇌운비가 교주라고 했지?

휘인 일행이 무림맹에 있다는 사실은 무림맹 밖으로 퍼지지 않았다. 퍼져 봤자 암회로 퍼졌을 뿐, 다른 곳에는 퍼지지 않았다.

연락책이 다 죽은 단가후가 얻을 수 있는 정보에서는 휘인 일행이 모두 혈옥에 갇혀 있다는 통쾌한 소식뿐이었다.

‘내가 다시 교주가 되어야겠군.’

휘인이면 조금(?) 어렵겠지만 뇌운비라면 별 문제가 되지 않으리라고 확신했다.

단가후는 무림맹에 거주할 생각에 벌써 신이 나 있었다.

물론 언제까지 신이 나 있을지는…….

“기다려라, 뇌운비. 흐흐흐. 호랑이가 없는 굴에 여우가 왕 노릇하긴 쉽지 않지.”

일행들은 다시 무림맹주실에 모여들었다. 모두 씻고 옷을 갈아입어 깔끔하기는 했지만, 모두 피곤에 절어 있었다.

“이걸로 대충 끝냈군.”

뇌운비가 비에게 받은 명단을 보며 한 말이었다.

“이제는 어떻게 하지?”

물음을 받은 비는 잠시 고민을 하더니 생각해 놓은 대답을 꺼내놓기 시작했다.

“암회에서 어떻게 움직일지를 모르기 때문에 우리 쪽에서 먼저 움직이기는 상당히 힘듭니다. 만약 우리가 저쪽에 끄나풀을 한 명 심어놓으면…….”

뇌운비는 고개를 절레절레 흔들었다.

“이미 안 된다고 했잖아.”

한 번 배신한 사람이 또 배신하기는 쉬우리라. 만약 비가 암회로 가서 자신들을 배신하려 한다면, 이건 돌이킬 수 없는 큰 피해로 다가오게 되어 있었다.

"저를 말하는 게 아닙니다. 소여락이 그 역할을 충분히 해 낼 수 있습니다."

비의 말에 임홍이 피식 웃었다.

"요즘 암회에서 신규 회원 모집이라도 한대? 소여락이 어 떻게 암회에 들어가? 큭큭."

자신을 비아냥거리는 임홍을 비가 노려봤다. 살기가 가득 담겨 있었다. 비는 현재 뇌운비에 의해 주눅이 들어 살지만, 그래도 임홍쯤은 기세만으로도 쉽게 제압할 수 있었다.

임홍은 이어진 소여락의 말에 황급히 입을 다물었다.

"나 역시 암회의 일원이야. 이 일행에 들어가서 감시하라 는 임무를 받고 있었어."

"……."

임홍의 입이 쫙 벌어졌다.

곽소천은 어이가 없다는 듯이 입을 열었다.

"암회가 잠입 전문 세력이기라도 한 건가? 어떻게 *끄나풀* 이 없는 곳이 없어!"

확실히 그러한 점이 있었다. 밤에 쉬지도 않고 *끄나풀* 처리 에 들어갔더니, 슬슬 이 암회라는 곳에 이가 질리기 시작했 다.

특히 자신이 자라온 혈궁에서 자신의 아버지와 가족들 전 체가 암회의 *끄나풀*이라는 사실을 알았을 때는 정말 충격이 컸다.

물론 혈궁의 끄나풀은 비가 대신 처리했다.

"휘인?"

뇌운비는 소여락을 한 번 보다가 휘인을 봤다.

믿을 수 있는 사람인지 묻는 것이었다.

휘인은 옅은 미소를 띤 채 고개를 끄덕였다.

"좋아, 그럼 네가 그 일을 하도록. 임무는 한 가지다. 암회의 모든 것의 감시. 그 정도는 할 수 있겠지?"

"……."

소여락은 자연스럽게 자신에게 하대를 하면서 명령을 내리는 뇌운비를 어떻게 판단해야 할지 몰랐다. 하지만 그의 눈, 그의 눈이 자신을 경고했다.

'마석의 힘인가?'

이미 비에 의해 마석에 대한 내용을 들었다. 일개의 전설쯤으로 치부하고 있었는데.

어쨌든 상당히 위험한 놈이었다.

소여락은 마지못해 고개를 끄덕였다.

"대충 그들에게 어떤 정보를 줄 건지 비가 말해봐."

소여락이 비보다는 덜 위험했지만, 그래도 그들이 소여락을 완전히 신뢰할 수 있어야 한다. 그럼 나름대로 이쪽의 중요한 정보를 그쪽에 넘겨주어야 한다.

"……."

비는 말문이 막혔다.

확실히 중요한 정보를 넘기면 신뢰받기에 좋았다.

하지만 문제가 하나 있었다.

"줄 만한 정보가 없습니다. 휘인 일행과 합류한 거야 이미 알고 있을 테고……. 그 이외에 우리가 다른 계획을 갖고 있다는 이야기를 해줘봐야 그것도 이미 알고 있지 않을까요?"

확실히 혈마와 혈괴가 합류한 이 시점에서 자신들이 할 수 있는 건 단 하나밖에 없었다. 게다 청운에 대한 앙갚음까지 해야 하니, 그들의 목적은 아주 확연히 드러나 있었다.

"……."

비의 말을 듣고 있던 뇌운비는 고개를 묵묵히 끄덕였다.

"그럼 그냥 보내도 되겠지?"

비면 몰라도 확실히 소여락이 이곳에 헌신할 이유가 없었다.

비는 잠시 생각했다.

"아닙니다. 청운이 소여락을 배신했기 때문에, 그들은 소여락 역시 청운을 배신할 것이라 생각하고 있을 겁니다. 그 의심을 지우기 위해서는 조금 강력한 게 필요합니다."

퍽!

"그러니까 그 강력한 게 뭐냐고!"

사람의 인내심을 시험하는 것도 아니고.

뇌운비는 오른쪽 주먹으로 때리려던 걸 간신히 참았다.

“정보를 가져갈 수 없으면 중요한 물건을 하나 빼돌려 가야 합니다. 소여락의 성격상 적의 소굴에 있었음에도 불구하고 아무런 건수 하나 없이 돌아올 리가 없습니다.”

펙!

뇌운비는 인상을 팍 썼다.

“그러니까 어떻게 하자는 거냐고. 지금 나보고 생각하라는 거냐?”

비는 우거지상을 썼다. 각자 중요한 물건이 있으면 조금 내놓아보라는 뜻에서 한 말인데, 뇌운비는 계속해서 구박을 한다.

남들이 갖고 있는 중요한 물건에 대한 목록이 있는 것도 아닌데, 어떻게 자신이 가만히 앉아서 생각해 낼 수 있단 말인가.

게다 대들 수도 없으니 자신이 한심할 뿐이었다.

그때 소여락이 입을 열었다.

“그런 게 힘들면 조금 다른 종류의 공을 세울 수도 있겠는데?”

“……?”

“암살. 이 일행 중 한 명, 혹은 몇 명을 죽이면 그들이 대충 봐주지 않을까? 물론 암회에 도착하자마자 청운을 조금 손보는 건 당연하고. 그 정도로 복수를 끝내면 그들도 의심하지 않겠지.”

소여락의 성격상 그런 것도 어울렸다. 청운에게 직접 복수를 하기 위해 암회로 되돌아온다.

뇌운비의 눈에 이채가 스쳐 지나갔다.

"정말 죽이지는 않을 테지만 암회를 설득하려면 증거를 가져가야 할 텐데?"

소여락의 눈도 반짝였다.

"목을 가져가면 가장 확실하겠지. 아니면 눈, 귀와 같은 것도 좋고. 저기 저 덩치를 생각해 뒀는데, 괜찮나?"

덩치라는 말에 혈괴가 몸을 움찔했다.

물론 혈괴를 말하는 게 아니었다.

"뭐어? 내 눈이랑 귀를 잘라내겠다는 말이냐!"

임홍은 그야말로 경악을 했다. 무엇보다도 일행들이 묵묵히 고개를 끄덕이며 수긍을 하는 게 더욱 이상했다.

소여락의 입가에 싸늘한 미소가 자리했다. 만년설산의 미친 선녀의 모습이었다.

"목도 괜찮고."

"……."

그때 뇌운비가 끼어들었다.

"그 정도로 충분할까? 나나 휘인 같은 거물 급이 아니고서는 그들이 의심할걸?"

애초에 한 명을 죽이고 도망칠 거라면 확실히 우두머리를 노려야 했다. 애초에 소여락의 성격이 그러했고, 암회에서도 그녀를 그렇게 알고 있었다.

임홍이 물론 대단하기는 하지만 그런 인물은 암회에도 여럿이 있었다.

휘인의 목이나 현재의 시점에서 마석을 흡수한 뇌운비의 목은 충분히 그만한 가치를 지니고 있었다.

"하지만 나는 이곳에서 마교를 이끌어야 하니까 힘들고, 휘인은 어때? 게다 꽤 흔한 얼굴이니까 별 문제는 없을 거야."

소여락은 묵묵히 고개를 끄덕였다.

여기서 임홍만은 지금의 상황을 조금도 이해하지 못하겠다는 얼굴로 입을 열었다.

"휘인의 목을 지금 가져가겠다는 것도 기가 막힌데, 휘인이 평범하게 생긴 거랑 그 대상이 되는데 문제가 없는 거랑 무슨 상관이지?"

아무것도 이해할 수 없었다.

하지만 나머지 일행들은 대충 이해하고 있는 모양이었다.

뇌운비는 한심하다는 듯이 임홍을 노려봤다.

"여전하구나, 그 돌대가리는. 휘인의 초상화가 암회에 있겠지만, 초상화만으로 그 사람의 얼굴을 정확하게 알기는 힘들어. 대충 비슷한 사람을 데려가도 상관이 없다는 말이다."

확실히 휘인의 얼굴은 평범했다. 흔히 볼 수 있는 얼굴이었다. 다만 그의 눈빛이 독특하여 범인과는 확실히 차별화되어 보이기는 했다.

마교도들이나 사파무림인들 중에서 잘 뒤져 보면 휘인과 많이 닮은 사람을 찾을 수 있을 것 같기도 했다.

하지만 문제가 하나 있었다.

임홍도 아는 문제였다.

"청운을 속일 수 있을 정도로 비슷한 얼굴을 찾을 수 있을까?"

다른 사람은 몰라도 청운은 휘인을 직접 본 적이 있었다. 단순히 닮았다고 해서 그 사람을 휘인으로 단정 짓지 않을 것이다.

뇌운비는 소여락을 돌아봤다.

그녀가 할 수 있는 일이 아니었다면 애초에 그녀가 이야기를 꺼냈을 리도 없었다.

"청운은 근신 중이야. 암회의 가장 큰 패 중 하나인 북해빙궁을 날려 버렸으니 꽤 오랫동안 면벽을 하고 있거나 고문을 받고 있겠지."

"면벽을 하거나 고문? 그 차이가 너무 큰 거 아니야?"

"우리에게 있어서는 똑같은 벌이지. 고문이나 면벽이나. 암회에서는 작은 실수에도 꼭 벌을 내려. 다음번에는 절대로 이런 실수를 저지르지 말라고. 어쨌든 청운은 한동안 나타나지 않겠지."

그때 휘인이 입을 열었다.

"그럼 청운이 있을 경우에는 어떻게 할 생각이지?"

"그냥 내 운을 믿을 수밖에."

목을 가져왔다는 거짓말은 하지 않는다. 대신에 그냥 청운을 찾아가 연신 두들겨 패거나 반쯤 죽여놓아 화가 풀린 척하며 암회에서 다시 활동한다.

휘인은 묵묵히 고개를 끄덕였다.

뇌운비는 상황을 정리했다.

"그럼 그렇게 하도록 하지. 휘인, 죽은 척을 하려면 앞으로 사람들의 눈에 띄면 안 된다는 것쯤은 알고 있겠지?"

이제는 뇌운비가 휘인에게 명령을 내린다. 거의 부탁에 가까웠지만, 실상 명령에 가까웠다. 일행들은 휘인이 어떻게 반응할지 궁금했다.

그렇지만 휘인은 다시 한 번 고개를 끄덕임으로 수긍했다.

이제는 휘인의 일행인지 뇌운비의 일행인지 헷갈리는 그들이었다.

다음날 아침, 소여락은 휘인의 목을 보자기에 두껍게 싸고는 무림맹을 나섰다. 물론 비가 그녀를 마중한다 하여 무림맹의 바깥까지 같이 나왔다.

"노야, 이제 돌아가. 여기서 누가 노야와 내가 같이 있는 걸 보면 이 모든 게 수포로 돌아간다고."

비는 옅은 미소를 띠었다.

"조심하거라. 회주는 속이기 쉬운 인물이 아니야. 감이 좋지 않으면 무조건 도망와라. 알겠느냐."

소여락은 자신만 믿으라는 얼굴로 입을 열었다.

"회주는 날 믿고 있어. 나는 암회에서 자라났기 때문에 그곳을 집이나 마찬가지라 여기고 있다고 생각해. 하지만 그들은 몰라. 내가 복수를 위해서 집마저 불태워 버릴 수 있다는 사실을."

그리고 애초에 암회의 일원에 대한 감정은 별로 없었다. 비는 그녀의 많은 스승 중 하나로, 유일하게 따뜻하게 대해준 사람이었기에 조금 달랐지만.

"청운이 있으면 그냥 도망쳤으면 좋겠다. 기회를 엿보면 그럴 수 있을 서야."

청운은 사람을 보는 안목이 뛰어났다. 회주보다 더. 사람을 조금도 믿지 않는 청운이었기에 더욱.

소여락은 고개를 절레절레 흔들었다.

"어차피 이 일은 금방 끝나게 되어 있어. 암회는 자신들밖에 없어. 그들의 영향력이 어디까지인지는 모르겠지만, 휘인이라면 이 일을 잘 해결해 줄 거야."

소여락은 이 암회의 끝이 빠르게 다가오고 있다는 사실을 느끼고 있었다.

시작이 있으면 끝이 있듯, 이제 암회의 세상은 막을 내리게 될 것이다.

알 수 있었다.

'휘인이 그렇게 대단한 인물인가?'

휘인이 대전의 끝 부분에 도착했기에 비는 그가 그렇게 엄청난 사람이라는 생각이 들지 않았다. 확실히 어딘가 유별나기는 했지만, 소여락이 왜 그를 신격화하는지는 이해할 수 없었다.

비가 믿는 사람은 휘인이 아니었다.

'이 모든 일은 뇌운비에게 달렸다.'

마석의 주인인 뇌운비야말로 이 암회의 끝을 가져다줄 사람이었다.

그리고 자신에게 자유를 줄 유일한 사람!

"조심해라."

비는 소여락의 팔을 쓰다듬어 주었다.

소여락은 조금은 더 짙은 미소를 지었다.

"걱정 마. 노야와 내가 다음에 만날 때면 이 모든 게 끝나 있을 거야. 그리고 내 생각엔 그리 멀지 않은 것 같아. 아주 빨리, 우리의 생각보다 훨씬 빨리 끝날 거야."

그렇게 소여락은 뒤도 돌아보지 않고 멀어지기 시작했다.

비는 그녀가 시야에서 사라지고 나서도 한참을 가만히 서서 그녀가 사라진 곳을 바라봤다.

무엇인가 틀어질 듯한 느낌이 든다.

'노파심이겠지.'

그냥 무능한 늙은이의 노파심…….

'호오?'

운명의 장난은 사실 너무도 어처구니가 없었다. 조금만 늦었어도, 아니, 조금만 더 빨랐어도 이런 일은 피할 수 있었을 텐데.

무림맹의 입구로 당당하게 들어가려던 도중, 단가후는 아주 흥미로운 이야기를 듣게 되었다.

자신의 친구들이 배신하고자 하는 이야기를 말이다.

'작전을 바꿔야겠어.'

무림맹에 당당히 들어가 단번에 뇌운비의 목을 동강 내어 다시 한 번 마교의 수좌에 앉으려고 했던 작전은 조금 수정되어야 했다.

이 일을 회주에게 알리면 아주 큰 공을 세우는 셈이었다.

'역시 되는 사람은 어떻게든 기회가 생기는군.'

비록 안가에 갇혀 있어 오랜 세월을 보냈지만 지난 공백을 한꺼번에 채워줄 기회가 생겼다.

발길을 돌리던 단가후의 뇌리에 아주 큰 의문이 생겼다.

처음에는 무시했지만, 생각하면 생각할수록 이해가 되지 않는 의문이었다.

'저 노인네가 왜 배신을 했지? 목숨이 아까워서라도 암회를 배신할 리가 없는데? 만약 암회보다 더 강력한 상대가 목숨을 위협하면 모를까. 수천 년간 최강의 세력을 자랑한 암회보다 여기 마교가 더 강한가?

전대 마교 교주인 단가후였다.

당연히 그럴 리가 없었다.

암회의 숨겨진 힘은!

물론 단가후는 무림맹과 북해빙궁이 충돌했다는 사실을 모르고 있었지만.

어쨌든 그는 암회를 믿어 의심치 않았다.

그때 또 하나의 의문이 스쳐 지나갔다.

'휘인?

여기서 왜 휘인의 이름이 나오는지 이해할 수 없었다.

'혈옥에서 나왔다는 말인가?

소여락이 분명히 그를 언급했다.

그것도 신을 언급하는 것처럼.

'이 모든 일을 빨리 암회에!'

소여락은 멍청한 여자가 아니었다.

그런 그녀가 그렇게 말하는 건 이유가 있어서인데.

단가후는 최대한 빠르게 그곳을 벗어나기 시작했다.

여유가 되면 소여락보다 먼저 암회에 도착하고 싶었다.

음모에 음모가 판을 치는 무림이었다.
다시 한 번 무림은 새로운 국면에 접어들었다.

제14장

암회태동(暗會胎動)

무림맹 임시 지부.

무림맹은 현재 앞으로 어떤 움직임을 취할지 공식적으로
는 아무런 발표도 하지 않았다.

현재 북해빙궁에 의해 당한 피해가 너무 컸다. 그 피해를
복구하기 전까지 마교를 상대한다는 건 불가능했다.

이상하지만 다행스럽게도 마교는 어부지리를 취하지 않았
다.

충분히 그렇게 할 수 있음에도 불구하고 마교는 기다리고
있었다.

무엇을 기다리는지는 신승이 알 바가 아니었다.

빨리 힘을 모아야 하는 입장에서 그런 것까지 고려할 여유는 없었다.

화린을 밝은 달을 올려다보며 생각에 잠겨 있었다.

일전의 무신(武神)이 떠오른다.

북해빙궁과의 접전에서 가장 처음에 그들의 발목을 붙잡은 자, 보이지도 않는 검을 사용하여 이백여 명을 단번에 죽여 버린 자를 무사들은 무신이라 부르고 있었다.

그의 모습이 화린의 뇌리에서 잊혀지지 않았다.

다른 무사들과는 조금 다른 의미에서였다.

'휘인?'

그의 모습을 아주 흐릿하게 봤기 때문에 휘인이라고 확신할 수 없었다.

하지만 어째서인지 휘인이었을 것만 같았다.

그가 혈옥에 있다는 사실을 알면서도 그 정도의 무위를 보일 수 있는 사람은 이 세상에서 휘인밖에 없을 것 같았다.

그녀가 그를 휘인이라고 확신하는 데에는 또 다른 이유가 있었다.

화린은 그의 일행 중 한 명을 알아볼 수 있었다. 천잠사를 펼치는 인물. 일전에 진천악이 천잠사를 지닌 것을 본 적이 있었다. 어떻게 천잠사를 지녔는지 묻지는 않았지만, 어쨌든 기억하고 있었다.

신승의 말로는 그가 분명히 천잠사를 펼쳤다고 한다.

그를 진천악이라 생각하고 떠올리면 정말 그 같기도 했다. 아무것도 확실한 게 없었고, 그럴 가능성은 거의 없었지만 왠지 그들을 진천악과 휘인이라 생각하고 싶었다.

물론 왜 진천악이 휘인이랑 붙어 있는지는 몰라도, 그냥 그런 것 같았다.

게다 그중 덩치가 있는, 쌍부를 지닌 자는 분명히 임홍이었다. 이미 임홍은 휘인의 일행으로 유명했다.

무엇보다도 화린이 이 사실에 신경을 쓰는 건 십 일 전에 받은 전서 때문이었다.

자시(子時), 안내인을 보내겠음. 대동하고 싶은 인물들을 모두 데려와도 상관없음. 휘인을 보고 싶으면 신승에게 알리지 말도록.

서명은 없었다.

함정일 수도 있었다. 아니, 거의 함정이라고 생각했다.

하지만 화린은 계속해서 고민했다.

가보고 싶었다.

그녀는 자신의 고민을 독고령과 무여휘에게도 나눠봤지만 그들이 뾰족한 묘안을 주지는 않았다.

‘가보고 싶다.’

모르겠다.

왜 가고 싶은지는.

하지만 휘인을 만나 이 모든 상황을 정리하고 싶었다. 그를 만나면 그에 대한 증오가 들끓어 이런 아련한 감정에 휘둘릴 필요가 없을지도 모른다.

소여락이 암회로 돌아간 지 벌써 십사 일이 지났다. 그동안 아무런 정보도 없었다. 비의 말로는 암회가 있는 곳에서 정보를 외부로 빼돌리는 건 상당히 위험하고 힘들다 한다. 주로 사람에 의해서만 전서가 오고 가기 때문에 그 내용이 모두 감시된다고 한다.

시간이 지날수록 가장 초조해하는 건 비였다.

점점 불안감이 늘어만 가고 있었다.

바로 그때였다.

전서구 한 마리가 날아오고 있었다. 암회에서 특별한 방법으로 훈련시키는 전서구가 분명했다.

비는 전서구가 오고 있는 걸 보면서도 너무 느리다고 불평을 하였다.

그의 속은 새까맣게 타 들어가고 있었다.

“…….”

전서를 읽은 일행들 사이에 침묵이 흘렀다.

전서의 내용은 간단했다.

자시(子時). 안내인을 보내겠음. 오고 싶은 인물은 모두 와도 됨.

전서에서 신경에 걸리는 건 명령조의 내용뿐이 아니었다.

전서는 피로 쓰여 있었다.

누구의 피로 쓰였는지 대충 알 수 있었다.

"어떻게 할 거지?"

비가 다급하게 뇌운비에게 물었다. 존칭해야 한다는 사실 마저 잃어버릴 정도로 당황한 비였다.

"함정이다."

뇌운비는 대수롭지 않게 말했다.

누가 봐도, 임홍이 생각해도 함정이었다.

비는 피식 웃었다.

"함정? 너희가 함정을 피할 사람들이냐? 무영혈수침에 대한 해독약은 이미 내가 줬으니까 독에 대한 건 신경 쓰지 않아도 되잖아! 그리고 난 회주를 알아. 분명히 정면 대결을 원하는 거야. 너희들이 가장 거슬리니까 가장 먼저 처리하겠다는 거지."

비의 다급한 심정이 그의 떨리는 어조에서 역력하게 드러났다.

펙!

뇌운비는 비의 머리를 때렸다.

그것도 오른쪽 주먹으로.

골이 뒤흔들리는 고통 속에서도 비는 살기에 가득 찬 눈으로 뇌운비를 노려봤다.

"정말 함정이 무서워서 가만히 있을 거냐? 응?"

분노가 치민 음성이다.

뇌운비는 그런 비를 가만히 지켜봤다.

그러다 갑자기 피식 웃었다.

"누가 안 간다고 했냐? 그냥 함정이라고 했지."

"……."

비는 잠시 할 말을 잃었다.

그러고 보니 또 그렇다.

자기가 나름대로 멋지게 용기있는 말을 한 게 다 부끄러워졌다. 너무 성급한 게 문제였다.

"지금은 봐줄게. 돌아와서 보자."

"……."

오른쪽 주먹을 매만지는 뇌운비의 모습을 보며 비는 얼어버렸다.

방금 전까지 사랑스럽게 느껴졌던 뇌운비가 다시 악마 뇌운비처럼 느껴졌다.

악마가 어디로 갈 리가 없었다.

뇌운비는 일행을 돌아봤다.

"나는 갈 건데, 너희도 갈 텐가?"

나머지 일행들은 모두 휘인에게 시선을 집중했다.

뇌운비가 무슨 생각을 하고 있는지는 몰라도, 그들은 휘인의 뜻을 따랐다.

"모두 간다."

휘인이 말하면 그렇게 행한다.

아무도 이의를 제기하지 않았다.

다만 뇌운비만이 이채가 도는 눈길로 휘인을 바라볼 뿐이었다.

휘인, 뇌운비, 비, 임홍, 곽소천, 혈마, 진천악, 그리고 혈괴는 안내인을 따라 나섰다. 뇌운비는 당장에 안내인을 족쳐서 무엇인가를 알아내려 했지만 휘인이 제지했다. 어찌 되었든 그들은 자신들을 기다리는 누군가를 만나야 했다.

지금 만나지 않으면 어차피 다음에 만나게 될 것이다.

안내인의 경공은 놀라울 정도로 뛰어났다. 하루를 꼬박 경공을 펼쳤음에도 불구하고 안색 하나 변하지 않았다.

'이거 혹시 우릴 지치게 만든 후에 떼거지로 덤비려는 거 아니야?' 라고 임홍이 물었다가, 비가 그의 의문을 풀어주었다.

암회는 더 이상 '떼거지'로 덤빌 만큼의 세력을 가지고 있
지 않았다.

그리고 바로 안내인이 처음으로 입을 열었다.

"여기의 정산까지 올라가시면 그분을 뵐 수 있습니다."

한 시진이면 충분히 올라갈 수 있는, 그렇게 높지도 낮지도
않은 산이었다.

안내인은 포권을 하더니 다시 경공을 펼쳐 그 자리에서 벗
어났다.

"……"

산을 올려다보는 일행들의 표정은 가지각색이었다.

하지만 모두 긴장하고 있는 모습이었다.

여기서 모든 일을 끝낼 수 있었다.

'너휜 건드려서는 안 되는 사람들을 건드린 거야.'

휘인 일행은 천천히 산을 오르기 시작했다.

크르르르!

터질 듯한 근육에 마치 거인을 연상케 하는 큰 덩치, 그리
고 이지를 잃은 눈빛. 눈동자가 아예 없는 핏빛 눈! 혈괴를 닮
은 이들이 무림맹 안으로 달려오기 시작했다.

땡땡땡!

침입자를 가장 먼저 본 자가 종을 울렸다.

퍽!

저 밖에 있던 괴물은 어느새 종을 울린 무인의 머리를 으깨어 버렸다.

그들의 신체적 조건뿐만 아니라 능력도 혈괴와 크게 다르지 않았다.

열 구의 강시였다.

그들이 무림맹을 뒤덮었다.

무림맹 임시 지부의 상황도 크게 다르지 않았다.

열 구의 강시가 갑자기 어디에선가 솟아 사람들을 죽이기 시작했다.

단순한 강시 열 구면 큰 피해 없이 사태를 무마할 수 있었지만, 안타깝게도 그것들은 단순한 강시가 아니었다.

검기로는 흠집조차 나지 않고, 검강에는 상처를 입어도 금세 회복된다.

퍽!

그리고 주먹을 한 번 휘두르면 네 사람이 동시에 날아가며 그 뒤에 있던 사람에게도 충격을 준다. 무식하게 주먹을 휘두르는 강시의 가까이에만 가도 어느새 그들은 저세상으로 건너가게 된다.

검강을 사용할 줄 아는 고수가 아주 적진 않았지만, 그렇게 많지도 않았다. 게다가 시간이 흐르면 흐를수록 그런 고수가 줄어들고 있었다.

그 강시들은 그야말로 무차별적인 살인을 저지르고 있었다.

그리고 무림맹의 무사들은 칼질 한 번 제대로 못해보고는 죽어나가고 있었다.

"잘 왔네."

휘인 일행을 기다리는 인물들은 총 여덟 명이었다.

그들을 맞이한 건 중앙에 서 있는 초로의 노인이었다. 오죽 지팡이가 누구보다도 잘 어울리는 노인이었지만, 오금을 저리게 하는 분위기가 있었다.

그의 좌우에는 꽤나 낯이 익은 얼굴들이 있었다.

한 명은 청운이었고, 또 다른 한 명은 단가후였다.

뇌운비는 청운을 한 번 가리키더니 그 옆에 있는 단가후를 가리켰다.

"만약 저게 청운이라면 저놈은 누구지? 청운 같은 놈이 또 있는 건가?"

단가후은 이전에 안가에 잘 가두어놓았다. 그리고 지금까지 단가후의 역은 청운이 해왔다. 그런 청운이 제 얼굴을 하고 있는 걸 보면 분명히 저 단가후의 얼굴을 한 놈은 청운이 아니었다.

"……."

단가후는 뇌운비를 보면서 많은 생각을 했다.

대부분은 한 가지에 대한 생각이었다.

'마석의 주인이라 이건가?'

이미 암회에서 들은 내용이었다.

단가후가 뇌운비에게 느끼는 기운은 상식적으로 이해할 수가 없었다.

그들 세 명을 제외한 나머지 네 명은 모두 혈괴의 형제들 같았다.

모두가 똑같이 부풀어진 근육에 키가 비슷했고, 무엇보다도 핏빛 눈이 똑같았다.

"강시로군."

혈마의 말이었다.

혈괴와 같은 놈이 다섯 명이나 있었다. 같은 편일 때는 몰랐는데, 이렇게 적으로 만나니 오금이 저린다.

뇌운비는 그들을 쭉 둘러보며 피식 웃었다.

"그래, 끝장을 보자, 이건가?"

초로의 노인은 고개를 끄덕였다.

"그대들을 살려두면서 끝없이 신경을 쓰는 것보다는 지금 당장 이 일부터 해결을 보는 게 낫지. 어차피 언젠가는 이렇게 되었을 테니까."

"그럼 왜 아직도 서로 이야기만 하고 있는 거지? 당장에 덤벼!"

뇌운비는 주먹의 천을 풀었다.

다른 일행들도 각자의 병기를 꺼내 들었다. 그들을 보고만 있어도 질리는 상황인데, 검을 나눌 생각을 하니 머릿속이 하얗게 비었다.

쾅쾅!

다섯 강시가 발을 굴리니 정말로 산 정상 전체가 흔들리는 것만 같았다.

다섯 강시는 초로의 노인에게 어떤 지시를 받더니 혈괴, 임홍, 곽소천, 혈마, 진천악에게 돌진했다.

단가후는 비에게 슬슬 걸어오고 있었고, 청운은 휘인에게 다가오고 있었다.

그리고 초로의 노인은 뇌운비를 가만히 노려보고 있었다.

뇌운비는 작게 히죽거렸다.

"우리가 여덟 명이 올 줄 알고 있었나? 준비를 잘해놓았네?"

초로의 노인은 청운을 한 번 보며 고개를 끄덕였다.

일행은 항상 같이 다닌다.

대충 몇 명이 올지는 충분히 알 수 있었다.

뇌운비는 노인의 시선을 맞받아치다가 주위를 둘러보며 입을 열었다.

"안 덤벼?"

초로의 노인은 옅은 미소를 띠었다.

"주변이 어떻게 돌아가는지 지켜보는 것도 좋지 않겠나? 시간은 많다네."

뇌운비도 그 특유의 사악한 미소를 지었다.

그는 팔짱을 끼며 초로의 노인을 가만히 지켜보기만 했다.

'그래, 내가 이런 입장에 있어야 해.'

항상 자신은 휘인의 그늘에 가려져 있었다. 모두가 휘인만을 신경 썼지, 정작 자신을 중요하게 여기는 사람은 그렇게 많지 않았다.

하지만 이제는 상황이 바뀌었다.

암회의 회주는 자신을 경계하고 있었다.

휘인이 아닌 자신을.

휘인은 청운을 가만히 노려봤다. 도대체 무슨 자신감으로 저렇게 당당하게 걸어오고 있는 것일까. 정말로 자신을 향해 검을 휘두를 것인가.

청운은 똑똑한 녀석이다.

다른 꿍꿍이가 있지 않고는 저렇게 당당할 수가 없었다.

"정말로 해볼 생각인가?"

휘인은 자신의 흑검을 꺼내 들었다.

청운은 희미한 미소를 지으며 고개를 절레절레 흔들었다.

"휘 공자를 위해서 조금 색다른 걸 준비했습니다. 저를 따라와 주세요. 마음에 들 겁니다. 만약 그렇지 않으면 그 자리에서 저를 죽여주세요."

"……?"

아직도 그의 의도를 정확하게 알 수가 없었다.

휘인은 뒤를 돌아봤다.

퍽! 퍽! 퍽! 퍽!

혈괴는 강시와 한 대씩 주고받고 있었다. 한 번 때릴 때마다 뼈가 뒤틀리고 살점이 나갔지만, 다음 자신이 맞을 차례가 되면 다시 상처가 아물어 있었다. 아니, 이상하게도 재생력은 혈괴가 한 수 위인 듯싶었다.

강시는 갈수록 재생력이 늦어져 점점 상처가 심해지고 있었지만 이상하게도 혈괴는 멀쩡했다. 정말로 괴물인 모양이었다.

혈마는 이리저리 도망치기 바빴다. 강시의 주먹을 한 대만 맞아도 치명적인 상처를 입는다. 혈마는 공격보다는 계속해서 움직여 강시의 정신을 팔리게 했는데, 가끔 공격도 했다.

살점이 한 움큼 떨어져 나갔지만 이상하게도 다시 재생시키는 강시였다.

임홍은 내력을 무리하게 운용하여 거대한 부강을 생성시켜 강시를 공격했는데, 상처는 아주 크게 생기기 시작했다. 하지만 내장이 보일 정도로 큰 상처라고 해도 재생하는 건 시간문제였다.

곽소천의 상황도 임홍과 크게 다르지 않았다. 검강으로만 흠집을 낼 수 있었는데, 어지간한 상처는 꾸준히 회복시켰다.

그 움직임도 전혀 둔해지지 않는다.

고통을 못 느끼기 때문이겠지만, 안타깝게도 자신들은 고통을 느꼈고, 피로를 느꼈다.

진천악은 그나마 상황이 조금 더 나았다.

강시의 온몸에는 천잠사가 박혀 있었다. 처음에는 그의 팔다리를 절단하려 노력했겠지만, 그들의 뼈가 상당하게 제련되었는지 그는 박는 걸로 만족해야 했다.

천잠사에 온몸이 박혀 제대로 움직이지 못하는 데도 강시는 꾸준히 천잠사를 끊고자 힘을 주고 있었다.

그 노력으로 천잠사를 끊는 건 불가능하겠지만, 적어도 진천악을 지치게 하는 건 가능할지도 모른다.

그 누구도 강시를 상대로 우위를 점하지 못했다.

사실 이렇게나 무식한 강시가 있는 줄 누가 꿈엔들 알았을까.

"가지 않겠다면?"

네가 두들겨 패서라도 끌고 가겠느냐는 말이었다.

청운은 입술을 깨물었다.

완전히 무시당하고 있었다.

청운이 휘인에게 뭐라고 하기도 전에 그가 검을 휘두르고 있었다.

"혈괴, 숙여."

휘이이.

휘인의 검이 천천히 허공을 갈랐다. 바람을 가르는 소리 이외에는 아무런 소리도 들리지 않았고, 눈으로 검강이나 검기를 볼 수도 없었다.

그냥 휘둘렀다.

쿵쿵!

갑자기 다섯 강시의 머리가 바닥에 떨어졌다. 휘인은 검을 한 번 휘두른 것뿐이지만, 다섯 강시의 머리 위치가 모두 똑같은 높이에 있어 휘인은 손쉽게 그들을 공격할 수 있었다.

임홍마저 강시의 목에 채 닿지 못하는 키였기에 휘인은 서슴없이 검을 휘두를 수 있었다.

그리고 유일하게 강시들과 대등한 키를 지닌 혈괴는 휘인의 말에 순종적이었다.

"……."

청운의 입이 쫙 벌어졌다.

초로의 노인도 경악을 한 얼굴이었다.

뇌운비만이 그게 그렇게 대단한 건지 이해하지 못하는 얼굴이었다. 다만 검강도, 검기도 아닌 게 물리적인 힘을 보였다는 게 신기할 뿐이었다.

뇌운비와 달리 청운과 초로의 노인은 이 강시의 위력을 아주 잘 알고 있었다.

그리고 그들의 내구성이 얼마나 대단한지도.

검강으로도 절대 끊어지지 않는 강시들의 뼈이다. 저런 뼈를 제련하는 데에만 삼십여 년에, 성을 한 채 살 수 있는 돈이 필요했다.

"……."

그때, 더욱 놀라운 광경을 목격할 수 있었다.

머리가 달리지 않은 강시들이 움직이고 있었다. 고서에 전해지는 머리가 없이는 움직일 수 없는 그런 강시가 아닌 모양이었다.

강시들은 머리만 달리지 않은 채로 다시 각자에게 주어진 임무(?)에 충실하고 있었다.

하지만 다행히도 움직임이 상당히 둔해졌다.

아마 그건 몸에 균형이 맞지 않기 때문이리라. 머리는 단순히 생각을 하거나 보기 좋으라고 있는 게 아니었다.

뒤뚱대는 그들의 모습을 보며 뇌운비는 웃음을 터뜨릴 뻔했다.

그러다 문득 의문이 생겼는지 뇌운비는 초로의 노인에게 물었다.

"눈이 없는 데도 보이는 건가?"

확실히 그들을 가만히 지켜보면 상대의 움직임에 따라 반응을 하고 있었다.

눈이 없이는 절대로 할 수 없었다.

“…….”

초로의 노인은 아직도 정신을 못 차리고 있었다. 휘인의 활약에 머리를 망치로 두들겨 맞은 기분이었다. 자신도 강시의 목을 저렇게 끊을 수는 없었다. 그것도 한꺼번에 다섯 구를 저런 꼴로 만들다니.

“이봐! 내 질문이 들리지 않아?”

회주는 여전히 뇌운비를 안중에도 두고 있지 않았다.

그때 비가 옆으로 다가왔다.

“저들은 눈이 없습니다. 단지 감각으로 느낄 뿐입니다. 모두가 다른 기도를 지녔기에 한 사람을 지정만 해주면, 강시들은 끝까지 저들을 공격합니다. 하지만 큰 기도만을 느끼기에 적의 병기를 피하는 건 불가능합니다. 물론 그렇기 때문에 저런 무시무시한 재생력이 부여된 채 만들어진 거지만요.”

확실히 적의 공격을 피할 필요는 없어 보였다.

단가후는 애초에 비의 적수가 되지 못했다. 이미 단가후는 싸늘한 시체가 되어 바닥을 피로 적시고 있었다. 물론 그렇다고 비가 멀쩡한 건 아니었다. 비는 자신의 오른쪽 팔을 잃었다.

“안 아프냐?”

팔이 절단되어 피가 철철 흐르는 사람에게 물어볼 질문은 아닌 듯싶었다.

비는 왼손으로 잘린 부근을 지혈하고 있었지만 쉬워 보이진 않았다.

뇌운비는 한숨을 쉬며 비를 앉혔다.

"멍청이, 겨우 저런 녀석한테."

뇌운비가 그의 팔을 지혈하면서 말을 이었다.

"약점은 없어? 이제는 아까처럼 엄청난 속도를 보여주지는 않지만, 저렇게 되면 우리 쪽이 먼저 지쳐서 쓰러질 것 같은데?"

비는 피식 웃었다.

"애초에 이 강시들은 초고수들을 위해 설계되었습니다. 물론 그 어떤 용도로도 흠이 없죠. 체력이란 게 애초에 존재하지 않습니다. 그리고 약점은…… 저도 잘 모르겠습니다."

"……."

뇌운비는 '다른 건 다 알면서 왜 그렇게 중요한 건 몰라' 라는 눈으로 비를 노려보고 있었다.

"저기 혈괴처럼 초기의 작품은 머리만 날라가도 죽습니다. 물론 거의 불가능한 이야기이기는 하지만. 그런데 머리가 날라가도 죽지 않는 걸 보면 후기의 작품은 조금 더 개량된 모양입니다."

비는 뇌운비에게 말하고 있었지만, 휘인 역시 그의 말을 듣고 있었다.

"그렇다면 뇌를 머리가 아닌 다른 곳에 옮겼다는 말이 되겠군."

비는 휘인을 돌아보며 고개를 끄덕였다.

휘인은 다시 한 번 검을 휘두르려고 자세를 잡았다.

안색이 정말 안 좋아 보였다. 그의 심검은 생각보다 많은 내력을 필요로 했다.

그때였다.

"그러시지 않는 게 좋을 겁니다."

잠시 자리를 비웠다가 나타난 청운은 혼자가 아니었다. 그는 줄로 꽁꽁 묶은 여인을 한 명 데리고 나타났다.

청운은 그 여인의 목에 검을 갖다 대고 있었는데, 살짝 베여 피까지 흐른다.

휘인이 아는 여인이었다.

그녀의 이름은…….

'화린.'

그녀는 화린이었다.

암회로 돌아올 청운에게는 원래 잔인한 고문이 기다리고 있었다. 그렇지만 청운은 그 고문을 피할 수 있게 되었다. 휘인과 뇌운비의 약점을 파고드는 작전을 세웠기 때문이다.

회주는 뇌운비가 마석을 흡수한 이후 휘인보다는 뇌운비에게 신경을 썼지만, 무림맹 임시 지부에서 직접 만나 부딪친 휘인을 보면서 청운은 둘을 위한 다른 작전을 세워야 했다.

뇌운비는 몰라도, 휘인에게 약점이란 없어 보였다. 정말 무적 같아 보였다.

그래서 청운은 계략을 세웠다.

둘에게서 찾을 수 있는 유일한 약점, 독고령과 주화린을 납치하는 계략을 세운 것이다.

물론 청운은 뇌운비보다는 휘인을 더욱 위험하게 생각했기 때문에 화린에게만 연락했다. 물론 ‘데려오고 싶은 사람은 모두 데려와도 상관없음’이라는 친절한 말을 남겨 그녀의 절친한 친구인 독고령까지 같이 납치하려 했다.

하지만 화린은 혼자서 왔다.

그래도 청운은 상관없었다.

휘인을 뒤흔들 수만 있으면 뇌운비는 어떻든 안중에도 없었다.

그렇게 해서 화린은 이런 상황에 처해 있게 되었다.

여러 가지 의미가 담긴 눈물을 흘리면서…….

휘인은 검을 내려놓았다.

처음에는 그럴 생각이 아니었다. 바로 청운의 머리를 날려버릴 생각이었다.

하지만 뒤에는 회주가 버티고 있었다. 청운과 회주의 거리는 상당히 멀었지만 회주가 마음만 먹으면 화린 정도는 단번에 죽일 수 있었다.

“후우.”

일이 이렇게 꼬일 줄 누가 알았던가.

휘인은 눈을 지그시 감았다.

비는 어느새 다른 이들을 도와주기 시작했다. 위태로운 순간에 검을 놀려 적절한 공격을 해주었고, 쉴 수 있는 틈을 주었다.

"젠장, 죽어라!"

점점 힘이 부족하여 쓰러지기 일보 직전이었던 곽소천은 마지막 남은 힘을 모두 끌어모았다. 그리고 강시의 심장에 꽂아 넣었다.

'제발 박혀라!'

이 검을 찌르고 나면 그에게는 서 있을 힘도 남아 있지 않으리라.

곽소천의 염원이 하늘에 닿았을까?

수욱.

곽소천의 검이 강시의 가슴에 조금 박혔다. 완전히 박히지는 않았지만 그 정도만 해도 엄청난 성과였다. 이제 힘을 조금만 줘서 완전히 박아버리면!

풀썩.

곽소천의 온몸이 파르르 떨렸다. 내력이 한 줌도 남지 않은 그는 탈진한 듯한 증상을 보였다.

강시가 곽소천의 머리를 밟으려는 순간, 비가 단숨에 거리를 좁혀 강시의 가슴에 박힌 검을 힘주어 눌렀다.

수욱.

"크르르르!!"

심장을 관통당한 강시는 피를 뿜어내며 바닥에 쓰러졌다. 이 경우에는 바닥이 아니라 곽소천의 위에 쓰러졌지만.

"큭."

강시는 절대 가볍지 않았다.

"심장을 노려라! 심장 근처에 뇌가 있는 모양이다!"

비는 질식사하려는 곽소천을 버려두고는 금방이라도 쓰러질 것 같은 임홍에게로 달려갔다. 임홍은 곽소천만큼이나 탈진한 상태였다.

"하아, 죽어라!"

임홍은 마지막 힘을 다해 쌍부를 내려찍으려 했지만, 그 전에 다리의 힘이 풀렸다.

풀썩.

임홍은 거기까지였다.

강시가 막 그의 몸통에 주먹을 꽂아 넣으려는 찰나였다.

비는 그의 검에 두꺼운 강기를 씌웠다. 그리고 온 힘을 모아 단숨에 강시의 심장을 꿰뚫어 버렸다.

그와 동시에 비 역시 바닥에 쓰러졌다.

더 이상 서 있을 힘도 없었다.

진천악은 그들보다 강시를 수월하게 상대하고 있었다. 진천악은 천잠사를 강시의 체내 깊숙한 곳에 쑤셔 넣었다.

그리고는 그 심장 부근을 그물망으로 감싸 좁힌 후,

"터져라!"

터뜨렸다.

강시는 그렇게 스르르 쓰러졌다.

혈마 역시 강시를 쉽게 쓰러뜨렸다. 혈마는 한 방 공격이 강한 무인이었다. 한 번에 되지는 않았지만, 점점 재생력이 느려지는 강시는 결국 무릎을 꿇을 수밖에 없었다.

혈괴의 경우는 조금 독특했다.

퍽! 퍽! 퍽! 퍽!

여전히 공방을 나누는 가운데, 혈괴는 멀쩡했지만 이상하게 강시는 모습이 처참했다. 혈괴의 재생 능력이 강시의 재생 능력을 압도한 것이다.

그리고 이미 강시는 근육이 상해 제대로 된 힘을 사용할 수 없었다.

심장을 파괴할 필요가 없었다.

"……."

혈괴의 모습을 보며 일행들은 할 말을 잃었다.

이제 멀쩡한 이는 몇 명 없었다.

초로의 노인, 혈괴, 진천악, 뇌운비, 휘인, 청운, 그리고 화린.

이 대치 상태는 참으로 묘했다.

혈괴는 여전히 더 이상 움직이지 못하는 강시를 두들겨 패고 있었고, 진천악은 파리한 얼굴로 숨을 헐떡이고 있었다.
뇌운비는 초로의 노인을 노려보고 있었고, 초로의 노인은 휘인을 바라보고 있었다. 휘인은 청운을 찢어 죽일 듯이 노려보고 있었고, 청운은 그의 시선을 회피하고 있었다.

그리고 화린은 애처로운 눈빛으로 휘인을 쳐다보고 있었다.

묘한 정적이 흐른다.

아무도 이런 상황을 예상할 수 없었다.

휘인의 일행들도 마찬가지였고, 암회의 일원들도 마찬가지였다.

거의 무적이었던 강시들이 모두 파괴되었다.

거의 끝난 상황인데 화린이 갑자기 나타났다.

이해할 수 없는 상황이었다.

"어떻게 할 생각이냐?"

정적을 깬 건 휘인이었다.

휘인은 청운을 노려보며 거칠게 내뱉었다. 그의 평소 모습이 아니었다.

이질적인 느낌이었다.

휘인은 화가 나 있었다.

"여기서 물러나 주십시오."

청운은 애써 담담하게 말했다.

"싫다면?"

“그럼 어쩔 수 없습니다.”

화린의 목에 조금 더 굵은 상처가 생겼다. 피가 끊임없이 검을 적시고 있었다.

“죽이고 나면 상황이 달라질까?”

“…….”

청운은 대답하지 못했다.

죽이면 그 이후의 상황은 뻔했다.

죽이지 않아도 그 이후의 상황은 뻔했다.

청운의 검이 파르르 떨렸다.

암회에서 이런 일이 벌어질 줄 누가 알았을까.

모두가 암회는 평생을 갈 거라고, 영원할 거라고 생각했다.

하지만 여기가 끝이다.

시작이 정확하게 언제였는지는 몰라도, 지금이 끝이다.

그때 초로의 노인이 다급하게 검을 휘둘렀다.

물론 휘인이 검막을 형성하여 그의 검강을 가볍게 막아내었다.

회주가 갑자기 검을 쓴 데에는 이유가 있었다.

어디서 나타났는지는 몰라도 암살자가 뒤에서 나타나 청운의 목을 단번에 그어버렸다.

“…….”

청운은 그렇게 비명 한 번 질러보지 못하고 죽었다.

그 암살자는 강희였다. 강희에게 새로이 주어진 임무는 무림맹의 움직임을 감시하는 것이었다. 감시하던 도중 무여휘, 독고령의 이야기를 듣게 되었다. 그리고 화린이 사라졌다는 사실을 깨달았다.

강희는 어렵지 않게 여기까지 추적할 수 있었다. 살수는 추적술에도 능통해야 했기 때문에, 희미한 흔적만이 남아 있어도 여기까지 올 수 있었다.

그리고 강희는 청운에게 잡혀 있는 화린을 보았다.

뒤치기는 그야말로 강희의 주특기였다.

마지막으로 남은 암회의 일원은 회주였다. 회주답게 가장 마지막까지 살아남았다.

하지만 그게 언제까지일까?

과정은 생각보다 길었다.

하지만 결국 그는 다른 이들과 똑같은 결과를 맞이하게 되었다.

회주 역시 강시의 일종이었다. 하지만 다른 강시와는 다른, 생사신 강시의 완전체라고 할 수 있었다.

하지만 그는 진천악의 천잠사에 의해 움직임이 봉쇄되었다.

그리고 휘인의 심검에 의해 팔다리가 깨끗하게 절단되었다.

마지막으로 황금빛이 번뜩이는 뇌운비의 주먹에 의해 회

주의 심장뿐만 아니라 내장까지 모두 파열하거나 산산조각이
나 흩어져 버렸다.
　모든 게 끝이 났다.
　끝…….

제15장

십일년후(十一年後)

　암회에 의해 무림은 엄청난 피해를 입었다. 적어도 그 힘이 예전에 비해 일 할로 줄어들었다. 무림은 체계와 질서를 다시 잡는 데 무려 십일 년이 필요했다. 십일 년이 지났음에도 불구하고 그 피해는 채 반도 복구되지 않았다.

　그렇지만 드디어 무림은 안정을 되찾았다.

　후기지수들이 끊임없이 배출되고 있었고, 중소 문파들이 나날이 늘어나고 있었다.

　피해가 복구되는 건 이제 시간문제였다.

　무림에는 다시 평화가 찾아왔다.

시이이익.

열심히 풀무질을 하고 있는 중년인의 얼굴은 땀에 흥건히 젖어 있었다. 근육은 마치 살아 있는 생물처럼 움직이고 있었다.

"여어, 아저씨!"

키가 상당히 크고 몸이 마른, 상당히 인상이 좋은 얼굴의 사내가 대장간 안으로 들어왔다.

"여어, 여휘!"

임홍은 풀무질을 하다 말고 무여휘를 안아 들었다.

"끅끅, 사람 살려!"

임홍은 씩 웃으면서 입을 열었다.

"여긴 왠일이냐?"

무여휘는 '여전하구나' 라는 얼굴로 말했다.

"잊었어? 오늘이 그날이잖아!"

'그날?'

임홍은 머리를 긁적였다.

그리고는 얼굴을 붉히며 조심스럽게 입을 열었다.

"너, 생리도 하니?"

"……."

무여휘는 할 말을 잃었다.

"농담이다, 농담. 이미 준비 다했다, 임마. 가자."

"교주님, 어디 가십니까!"

왜소하기 짝이 없고 눈은 뱁새처럼 찢어진, 머리가 한 올도 없는 대머리 노인이 교주를 따라오며 물었다.

교주는 그와 마주칠 생각이 없었는지 인상을 팍 쓰면서 입을 열었다.

"별거 아니야. 잠시 바람 좀 쐬겠다."

"아니되옵니다. 지금이 얼마나 중요한 시기인데 교주님께서 자리를 비우실 수 있습니까!"

교주는 눈을 얇게 뜨며 노인을 노려봤다.

"바람 좀 쐬고 온다고 했지!"

"매년 이맘때쯤 나가시면 몇 달 동안 안 돌아오시지 않습니까!"

노인은 교주의 일정을 꿰고 있었다.

"비!"

비는 움찔 놀랐다.

"옛!"

"내가 네 머리에서 뇌충을 괜히 빼줬어."

농담 같은 말을 참으로 살벌하게 하는 뇌운비를 보며 비는 몸서리를 쳤다.

"무슨 말씀을 그렇게……."

"농담같이 들려? 한 번만 더 그런 말을 하면, 진담처럼 들리게 해줄게."

"……."

비는 그야말로 얼어붙었다.

"자아, 그럼 이만. 오늘은 놈을 꼭 이기고 싶어서."

비는 뇌운비가 누구를 만나러 가는 건지 알고 있었다. 그리고 이 만남이 얼마나 그에게 소중한지도 알고 있었다. 그럼에도 불구하고 비가 항상 뇌운비를 말리는 이유가 있었다.

"이번에도 저를 여기에 두고 가실 겁니까!"

비도 가고 싶었다.

'그'가 와도 된다고 했다.

그런데 뇌운비가 안 된다고 한다.

이유는…….

"비!"

뇌운비는 비의 어깨를 두 손으로 잡았다.

"내가 너를 믿으니까 이런 중요한 임무를 주는 거야. 나 없을 때 이 마교를 누가 돌보라고? 비, 너니까 이런 일을 할 수 있는 거야. 알았냐?"

항상 핑계는 좋았다.

그때 방 안에 들이닥치는 일당이 있었다.

"여보오! 가요!"

"아빠, 빨리 가자니까!"

"……."

뇌운비의 온몸이 경직되었다.

“독고령, 바깥에서는 그렇게 부르지 말라고 했지!”

“그럼 안에서는 그렇게 불러도 된다는 말이네요?”

“…….”

“은근히 좋아하는 거 아니에요?”

“…….”

그때 눈매가 날카로운 걸 제외하고는 흠잡을 데 없는 미남형 소년이 입을 열었다.

“아빠, 얼굴 빨개졌어.”

“…….”

“천재님이 지나가실 땐~ 모두가 고개를 숙이다네~ 이히! 모두 길을 비켜라~ 천하제일협객 진천악님 나가신다! 후후.”

제정신으로 부를 수 있는 노래인지는 모르겠지만, 사람들이 많은 대로를 걸으면서 율동까지 곁들이는 사내는 신이 나 보였다.

그때 진천악을 알아보는 사람이 있었다.

어떤 꼬마였다.

“엄마, 엄마. 저 사람, 천하제일허풍객 아니야?”

“응, 맞네?”

진천악은 노래 부르기를 멈췄다.

“이 꼬맹이가! 천하제일허풍객이라니! 나쁜 놈들을 만날

때마다 때찌 해주는 천하제일협객, 진천악님을 천하제일허풍
객이라고 하다니!"

"아가야, 이상한 사람이니까 저런 사람처럼 되지 말거라.
가까이도 가지 말고."

여인과 꼬마는 그렇게 진천악을 앞에서 욕하고는 멀어져
갔다.

'아아, 인생 참 허탈하구나.'

진천악은 여전히 미소를 지으며 그들이 멀어져 가는 모습
을 바라봤다.

감상에 빠지는 것도 잠시,

"천하제일협객, 진천악님 나가신다~ 모두 길을 비켜라 으
히!"

"여어 혈괴."

"크르?"

"가자."

"크르!"

"궁주."

싸늘한 음성, 싸늘한 표정.

온기라고는 조금도 없어 보이는 여인이 대낮에도 잠을 자
고 있는 사내를 깨우기 시작했다.

"여보라고 해."
"……."
싸늘해지는 시선.
쏟아지는 살기.
곽소천은 벌떡 일어났다.
"옙, 일어났습니다!"
"진작에 이럴 것이지. 가자. 늦겠다."
"넵, 지금 당장 준비하겠습니다!"
소여락과 곽소천은 혈궁을 나섰다.

속눈썹이 유난히 길고, 피부가 백옥같이 흰 여인은 바쁘게 서류 작업을 하고 있었다. 손에 굳은살이 늘어가고 있어 서류 작업은 최대한 하지 않으려고 했지만, 그게 자신의 업무였다.

남들은 무림맹주가 세상의 평화를 위해 일하는 줄 알지만, 정작 맹주가 하는 건 서류 작업이었다. 서로 이익을 보려고 다투다가 쉽게 해결할 수 없으면 모두 자신에게 가져온다.

'진짜 신승님 미워!'

갑자기 자신을 무림맹주로 임명하더니 홀연히 사라져 버린 신승.

주화린은 그를 떠올릴 때마다 원망했다.

우당탕탕!

쾅쾅쾅!

갑자기 천지가 개벽하는 건지, 아니면 지진이 난 건지 고막을 찢는 엄청난 소리가 사방에서 들려왔다.

그때 곤혹스러운 표정으로 무사 한 명이 들어왔다.

"그분들이 오셨습니다."

잔뜩 찌푸려진 그녀의 얼굴이 활짝 펴졌다.

'벌써 그날인가?'

"곧 나간다고 해."

많은 인물들이 원탁에 앉아 식사를 즐기고 있었다. 그들은 나이도 천차만별이었고, 외양도 가지각색이었다.

휘인의 옆에는 화린이 앉아 있었고, 그 옆에는 뇌운비와 독고령이, 반대편에는 곽소천과 소여락이 앉아 있었다.

그리고 휘인의 반대편에는 조금 암울해(?) 보이는 일당이 있었다.

혈마, 무여휘, 임홍, 진천악이 바로 그 일당이었다.

혈괴 역시 그 무리에 껴 있었지만, 음식이 산을 이룬만큼 그는 행복해 보였다.

그들 이외에도 두 명이 더 있었다.

한 일고여덟 살은 되었을까?

날카로운 눈을 지닌 잘생긴 남자 아이가 뇌운비와 독고령의 중간에 앉아 있었고, 무표정으로 일관하고는 있지만 속눈썹이 길고 피부가 희어 유난히 돋보이는 외모를 지닌 여자 아이가 휘인과 화린의 중간에 앉아 있었다.

뇌운비의 아들 뇌준과 휘인의 딸 휘영이었다.

가만히 앉아서 궁상을 떨기에는 조금 서러웠는지 장난기 가득한 눈으로 진천악이 입을 열었다.

"이야, 뇌준이와 휘영이, 많이 컸네! 이제 둘이 결혼하면 되겠다!"

그러자 뇌준의 얼굴이 빨갛게 달아올랐다. 휘영은 여전히 무표정을 지켰다. 신경도 안 쓴다는 얼굴이었다. 누구를 닮았는지, 아주 쉽게 알 수 있었다.

휘인은 미소를 지으며 휘영이 자랑스럽다는 듯이 머리를 쓰다듬어 주었다.

십 년 전과는 달리 휘인은 이제 자주 미소를 지었다. 하지만 이상하게도 휘영은 미소를 잘 짓지 않았다.

휘인이 휘영의 머리를 쓰다듬자 뇌운비가 발끈했다.

"너! 왜 흡족한 미소를 지어!"

휘영의 무표정은 이해가 갔다. 휘영의 나이는 남자에 별로 신경을 쓸 때가 아니었다. 게다 애초에 조금 무뚝뚝한 아이니 이해할 수 있었다.

무엇보다 아이다.

그런데 휘인은 휘영이 뇌준에게 관심이 없자 그것을 기특하게 생각하며 휘영의 머리를 쓰다듬었다. 그것은 뇌준이 휘인의 마음에 안 든다는 뜻이었다.

휘인은 여전히 미소를 지은 채 어깨를 으쓱였다.

"우리 뇌준이가 부족하다는 거냐! 뇌준이가 휘영이를 받아 준다는 생각만 가지고 있어도 감지덕지다!"

휘인은 아직도 미소를 잃지 않았다.

대신 휘영의 머리를 쓰다듬으며 그녀의 귀에 작게 속삭였다.

"절대로 뇌준은 안 돼. 알겠니?"

휘영은 고개를 끄덕였다.

"……."

휘인은 속삭였다고 생각했지만 저 멀리에 앉아 있는 혈괴 역시 들었다. 혈괴는 그들의 모습에 킥킥대며 웃고 있었다.

십여 년이 지난 지금, 혈괴는 기본적인 의사소통을 할 수 있었다.

아마도 이성을 조금씩 찾아가는 모양이었다.

"혈괴! 웃지 마!"

뇌운비는 버럭 소리를 질렀다.

"야, 휘인! 누가 저런 무표정인 여자 아이를 좋아한다고 생각해? 저런 여자는 요즘 인기가 없어. 알아? 앞으로 여자는 늘어나고 남자가 귀해지는 거 알아? 그리고 우리 뇌준이가 어디가 부족해! 저런 무뚝뚝하고 재미없는 아이보다는 훨씬 나아!"

"……."

휘인의 미소가 사라졌다.

"지금 휘영을 모욕했나? 당장 일어나. 오늘 밤까지 참을 이유가 없다. 덤벼라."

"하아, 누가 무서워할 줄 아냐? 너 정도는 그냥 이길 수 있어. 저번에는 그냥 봐준 거다."

뇌운비는 어느새 오른쪽 주먹을 둘러싼 천을 풀어헤쳤다.

정말로 해볼 심산이었다.

"킥킥킥."

그때 혈괴가 웃음을 터뜨렸다. 아마도 뇌운비가 '봐준 거다' 하는 부분에서 웃은 것 같았다.

뇌운비는 살기에 가득 찬 눈으로 혈괴를 돌아봤다.

그 정도에 겁먹을 혈괴가 아니었다.

혈괴는 손가락으로 휘인을 한 번 가리키고, 뇌운비를 가리키며 주먹을 마구마구 휘둘렀다. 아마 휘인이 뇌운비를 이겼다는 뜻인 듯싶었다.

거기에서 끝이 아니었다.

혈괴는 손가락 열 개를 펼쳐 들고는 뇌운비를 비웃었다.

열 번 졌다는 말이다.

일 년에 한 번 모임을 가지니, 그때마다 뇌운비는 휘인에게 덤벼서 졌다. 그 사실을 모두가 알고 있었다. 하지만 그 사실을 혈괴가 상기시켜 주니 그 느낌이 참으로 새로웠다.

"넌 돌아오고 나서 보자."

뇌운비는 혈괴를 가리키고는 주먹을 세게 쥐었다.

혈괴는 여전히 그를 무시하며 다시 음식을 먹기 시작했다.

"휘인, 가자!"

휘인은 당장에 자리를 박차고 일어났다.

휘인과 뇌운비가 시야에서 사라지자 다시 저녁 식사는 시작되었다.

저 정도의 싸움은 일상이었다.

그들의 모습은 비슷한 구석이 조금도 없었다. 외모도 가지각색이었지만, 성격도 십인십색이었다. 나이도 모두 달랐다.

하지만 그들에게는 공통점이 있었다.

그들은 행복했다.

진심으로…….

『무림공적』大尾

작가의 말

약 1년간 진행되었던 이야기가 드디어 끝이 났습니다. 여기까지 읽어주신 모든 분께 감사드립니다.

재능이 부족하여 하고 싶었던 이야기를 모두 전해드리지 못했습니다.

시간도 부족했지만, 무엇보다도 제 노력이 부족했습니다.

다음에는 조금 더 발전된 모습으로 찾아뵙겠습니다.

이제 병술년(丙戌年)이 가고 정해년(丁亥年)이 왔습니다.

작년보다 더 좋은 한해가 되시기를 바랍니다.

지천우 拜上.

무한 상상 · 공상 세계, 청어람 신무협&판타지

「표사」, 「소환전기」를 뛰어넘는
참신한 재미와 쾌감을 선사한다!

청바지와 박스티 같은 무협 소설!
쉽고 재미있는, 편한 무협을 즐겨라!

『잠룡전설』
(潛龍傳說)

잠룡전설(潛龍傳說) / 황규영 지음

"주유성?
영웅이지. 하늘이 내린 사람이야.
그 사람 게으르다고?
에이, 난 그런 소문 안 믿어.
게으름뱅이가 어떻게 그런 엄청난 일들을 해?"

강호에 내린 희대의 겁난.
하늘은 엄청 센 놈을 영웅이랍시고 내린다.
하지만…….
젠장! 엄청난 게으름뱅이다!!

초등학생이 반드시 읽어야 할 좋은 책 49권

각 학년별로 초등학생이 반드시 읽어야할 좋은 책을
선정하여 통합논술의 기본이 되는 '올바른 독서법'을
일깨워 줍니다.

교과서와 함께하는 초등학교 통합논술

초등1학년 | 값 12,000원 / 초등2학년 | 값 9,500원 / 초등3학년 | 값 11,000원 / 초등4학년 | 값 9,500원 / 초등5학년 | 값 9,500원 / 초등6학년 | 값 11,000원

♣ 혼자 할 수 있어요.

엄마가 책 읽는 방법을 가르쳐 주어도 좋아요.
독서지도하는 선생님이 가르쳐 주어도 좋답니다.
"초등 교과서와 함께하는 **통합논술 시리즈**"는
아이 스스로 독서할 수 있도록 꾸며진 책이에요.
엄마와 선생님은 요령만 가르쳐 주시면 된답니다.

♣ 교과서의 중요한 내용이 총정리되어 있어요.

각 학년별로 중요한 교과 내용이 함께 수록되어 있어요.
초등학생은 교과서 내용을 충실하게 공부해야 합니다.
아울러 그와 병행한 독서가 대단히 중요하지요.
"초등 교과서와 함께하는 **통합논술 시리즈**"는
두가지 방법 모두 알려준답니다.

♣ 이 책은 훌륭하신 선생님들이 함께 쓰신 책이랍니다.

동화작가 선생님들이 쓰셨어요. 소설가 선생님도 쓰셨답니다.
국어 논술독서지도 선생님들도 함께 쓰셨지요.
"초등 교과서와 함께하는 **통합논술 시리즈**"는
엄마의 마음으로 모든 선생님들이 함께 꾸민 책이랍니다.

입소문을 통해 아는 분은 다 알고 계십니다!
올 한해 공인중개사 최고의 화제작!

1~2권 합본 | 이용훈 지음
3~4권 합본 | 이용훈 지음
5~6권 합본 | 이용훈 지음
용 어 해 설 | 이용훈 지음
1~2차 문제풀이집 | 이용훈 지음

수험생 기본 필독서
만화 공인중개사

제목 : 만화공인중개사 쓰신 분에게 감사드립니다.

학원을 두달 다녔어요. 근데 과연 그 숫자 와우기 그런게 몇 문제나 나올까 생각을 했어요.

아니라는 생각이 드네요. 학원강의를 뒤로 하고 서점을 갔어요. 내 머리에 가장 이해될 수 있는

책이 없나 하구요. 거기서 만화를 발견했어요. 무조건 세번 봤어요. 3개월 걸렸어요. 문제 집을

보라고 했는데 그건 시행을 못했어요. 근데 합격을 했네요.

어떻게 감사의 말을 해야 될지…

도서관에서 만화책 들고 다니니까 사람들이 바웃더라구요. 만화책으로 공인중개사를 공부한

다고 미친사람 처럼 보더라구요. 근데 그거 다 감수하고 했던 내가 자랑스럽습니다.

어떻게 감사의 말을 해야 할지 정말 감사합니다.

부디 행복하세요. 제 나이 41살에 좋은 스승을 만난 거 같습니다.

엎드려 감사드립니다.

−본사 홈페이지에 독자분이 올린 메일 中 에서 발췌−

잘나가고 싶은 사람은 읽어라!

그에게 한눈에 반했다! 그것은 분위기 탓?
애인과 나란히 걸어갈 때 당신은 좌, 우 어느 쪽에 서는가?
이성은 왜 서로 끌리는 걸까? 그 심층 심리를 해명한다!

30초의 심리학

■ 30초의 심리학
아사노 하치로우 지음 / 계일 옮김 | 값 8,500원

처음 본 사람인데 와 닮는 느낌이
너무나도 강렬한 사람이 있다.
흔히 하는 말로 '필이 꽂힌 사람',
그래서 잊혀지지 않는 사람,
한눈에 반했다고 하는 것이 바로 그것이다.
이런 인간의 감정을 논하는 데
남녀의 구분이 있을 수 없다.
사랑하는 그, 혹은 그녀를
생각하는 것만으로도 가슴이 두근거린다.
이상할 것 없다. 당연히 그럴 수 있는 것이다.
그렇기에 인간을 감정의 동물이라 하지 않는가.
그러나 그렇게 좋아하는 그 사람이
어느 날 갑자기 싫어지는 경우는 왜일까?

Psychology